LA

COMÉDIE DES JOUETS

Il a été tiré de cet ouvrage 15 exemplaires sur papier du Japon, numérotés à la presse, à 20 fr. l'exemplaire

LA
COMÉDIE DES JOUETS

PAR

CAMILLE LEMONNIER

DESSINS

DE

G. AURIOL, F. BAC, F. FAU, A. GORGUET ET STEINLEN

PARIS

LIBRAIRIE FRANÇAISE

ALPHONSE PIAGET, ÉDITEUR

16, RUE DES VOSGES, 16

1888

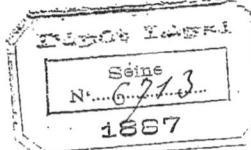

A *Toi,*

Enfant - oiseau,

mon pâle et doux Friquet,

un instant blotti dans mes ramures,

et si tôt envolé,

ces contes écrits pour Toi,

et que Tu aurais lus

si Ton aile avait pu pousser!

je les mets sur Ta tombe

comme un joujou dont

jamais ne s'amusera Ta chère ombre,

là-bas!

LA CHASSE DE MINUIT

LA CHASSE DE MINUIT

Chaque nuit, un drame plein de mystère se joue dans la grande boîte où il y a un cerf, des chiens, un vieil ermite à barbe blanche, des valets et un petit chasseur noir.

Quand approche minuit, les arbres viennent d'eux-mêmes se ranger dans le bois, la hutte de l'ermite se met debout, et l'on entend le son du cor, très doucement. C'est le signal.

Aussitôt la jolie maison en planchettes de caisse à cigares, qui a six petites fenêtres toujours closes à l'étage, sous un toit projeté en auvent, se remplit d'une rumeur singulière qui grandit, finit par dominer tous les autres bruits de la boîte. Le petit chasseur noir s'éveille; ses valets, autour de lui courant, lui passent son justaucorps rouge à boutons d'or et il se chausse de grandes bottes luisantes auxquelles sont accrochés des éperons brillants comme des soleils.

Il prend ensuite son couteau de chasse, boucle sa ceinture, et tandis qu'il descend, ses pas font retentir l'escalier.

Il n'a rien dit et, comme lui, ses valets sont demeurés muets; mais tout le monde dans la maison semble obéir à une volonté venue d'en haut.

La porte roule sur ses gonds, il descend trois marches et, dans la nuit, voit son grand cheval couleur d'ébène qu'un piqueur tient par la bride;

plus loin un valet de meute jusqu'au buste dis-
paraît parmi des limiers géants, roux et léo-
pardés; et le cheval, les limiers, les valets, le
petit chasseur, face à face sont immobiles. Le
son du cor s'est étouffé dans les lointains; un
grand silence pèse sur les hommes et les choses et chacun attend. On n'attendra pas longtemps.

Douze fois l'horloge de la Forêt noire crie
coucou, et à la dernière fois, une petite porte
s'ouvre au-dessus du cadran, avec un grincement,
puis le sombre oiseau apparaît.

Alors le petit chasseur noir saute
en selle, les trois valets sonnent du cor à pleine
bouche, et les énormes limiers, soudainement dé-
chaînés, font trembler le sol en aboyant. Tout cela

s'est fait en un instant et la chasse commence.

D'épaisses ténèbres enveloppent la terre; pas la moindre étoile ne pique le ciel; mais les prunelles des chevaux flamboient et les limiers semblent porter des lampes dans leurs rouges orbites.

Bientôt la maison aux six petites fenêtres closes n'est plus qu'un rêve dans la nuit; et de plus en plus, la chasse s'enfonce par la forêt. Celle-ci n'a que six arbres, tous peints en vert, et s'espaçant, avec des frisures pour feuillages; pourtant elle est immense et recule jusqu'à l'horizon; à peine serait-il possible d'en faire le tour en galopant du crépuscule à l'aube; et elle est pleine de périls.

Trois rochers qui imitent la pierre naturelle, avec des taches de rouille pour indiquer la mousse, tous trois si déchiquetés qu'ils ont l'air d'être là depuis plus de cent ans, encombrent les passages. Et les chemins sont hérissés d'une végétation touffue, pour laquelle l'artiste a prodigué les copeaux.

Pour mieux rendre la nature, une petite neige blanchit le paysage, pareille à du sucre en poudre, et on a froid, comme devant des vitres étamées par le givre.

Mais ni les cavaliers ni les limiers ne songent à ces choses, et ils vont par l'hiver et la nuit du train dont iraient des âmes sans corps. Toujours plus avant, ils galopent, franchissant les rochers, ombres mêlées à des ombres, et l'espace décroît sous leurs enjambées infatigables.

Des bêtes farouches sortent alors on ne sait d'où et se mettent à rôder sous les arbres. C'est un renard à poil rouge, d'abord, puis un loup à poil noir, enfin une biche et ses faons; et tout à coup un cerf, dont les ramures seraient un très beau ratelier à pipes, bondit, véloce comme l'éclair.

On sent immédiatement que le grand cerf doit décider de la chasse, et curieusement les arbres se penchent par-dessus la fuite anxieuse du renard, du loup, de la biche et des faons.

Seul, le cerf a l'air de mépriser les gens et les chiens.

Et un grand carnage commence. Le cheval couleur d'ébène du petit chasseur tourbillonne partout à la fois, et derrière lui, les chevaux des valets, l'un couleur pistache et l'autre couleur safran, volent comme le vent; les limiers font un vacarme d'enfer et sans cesse le cor retentit; la forêt est pleine d'horreur.

Rien ne peut dire cette poursuite acharnée; on croirait qu'un typhon a été déchaîné dans la boîte; et successivement le petit chasseur noir tue le loup, le renard, la biche et les faons. Son couteau n'a pas de sang, par la raison que toutes ces méchantes bêtes sont en bois, et le couteau lui-même est en bois, avec une peinture claire pour simuler l'acier, ce qui en fait une arme terrible.

Chaque fois qu'il frappe, le feu qui brille dans l'œil des chevaux l'allume, rapide, tellement que la nuit en est illuminée. Et du fond de sa

hutte, le vieil ermite se signe en songeant aux
éclairs.

Cinq fois déjà le coucou a sonné l'heure et
le cerf n'est pas encore pris : on aperçoit toujours sa longue silhouette, et il court d'une
telle vitesse qu'aucun cheval ne peut l'atteindre.

Jamais cerf n'eut des yeux plus humains ; l'artiste les a faits de deux perles, brillantes comme
des larmes, et il dresse si haut sa tête qu'on s'attend à tout bout de champ à lui voir emporter
la forêt à la pointe de ses cornes. .

Il y a toujours entre le petit chasseur noir et
lui la même distance, et ses bonds sont larges à
franchir d'une fois les plus larges abîmes. Comme
une ronde, la chasse tournoie dans le cercle des
arbres, et, pris de vertige, ceux-ci entrent à leur
tour dans la ronde qui finit par entraîner l'ermite lui-même et sa hutte.

Puis, tout à coup, une lueur imperceptible
glisse à travers les joints de la boîte ; la nuit
pâlit ; et, dans la blancheur qui croît, les chevaux, les chasseurs, la meute s'effacent lents,
lents.

C'est l'aube ; là-bas, sur le rayon des coqs,
un cocorico sonore a sonné la fanfare du jour.

Alors l'ermite apparaît en froc, les pieds nus
et les mains jointes, portant comme un tablier
sa barbe blanche jusqu'à ses genoux, et il dit :

— Chevalier, retourne d'où tu viens. Le moment n'est pas venu encore.

Immobile, le grand cerf fait
face à l'ermite et à travers

ses bois, le soleil se lève, pareil à un ostensoir.

Le petit chasseur noir ébauche un geste
désespéré, lentement regagne la maison dont les
fenêtres s'éclairent; et de nouveau le silence
règne dans l'escalier.

Mais à minuit, la chasse recommence et il en

est ainsi de toutes les nuits que Dieu a faites. A
peine le coucou a-t-il sonné les douze coups,
qu'elle repart, bat la forêt, et, comme la veille,
comme toutes les autres veilles, les mêmes
bêtes farouches se remettent à rôder dans les
ténèbres. C'est le renard au poil roux d'abord,

le loup au poil noir, la biche et ses faons, et
ensuite le grand cerf bondit.

Régulièrement le petit chasseur abat les faons,
la biche, le renard et le loup, et non moins régulièrement, au moment où il va enfin atteindre
le cerf, le jour poind derrière la hutte de l'ermite ; et le petit chasseur noir regagne sa
demeure après avoir fait son geste désespéré,

toujours le même. Cependant ses limiers ont été choisis parmi les meilleurs.

Mais le cerf, plus rapide, se dérobe à leurs poursuites ; et chaque nuit l'ermite à barbe blanche croise les mains sur sa poitrine et répète :

— Beau cavalier, retourne d'où tu viens. Le moment n'est pas venu encore.

Or, après bien du temps, comme les douze coups de l'heure sonnent une nuit, le petit chasseur noir se remet en chasse, suivi de sa meute et de ses valets ; et cette nuit-là justement, le Seigneur Jésus-Christ, ayant séjourné trois jours dans le tombeau, ressuscitait. Toutes les crèches étaient en fête, dans la boutique du marchand ; les bœufs mugissaient en tournant leurs têtes de patriarches vers le petit enfant de cire, enguirlandé de banderoles ; et les trois mages, gravement inclinés sous leurs turbans, disaient : Alleluia ! pendant que les bougies roses et vertes des ifs chargés de présents flambaient. Les coqs chantaient, les ânes brayaient, les petits lapins blancs

battaient leur tambourin; et l'un après l'autre,
comme les orgues des églises, ronflèrent les harmonicas. Polichinelle, en profond égoïste, seul
méditait dans un coin, ironique, sur la folie des
sacrifices; prises
de dévotion, les
poupées ouvrirent
leurs livres de
messe.

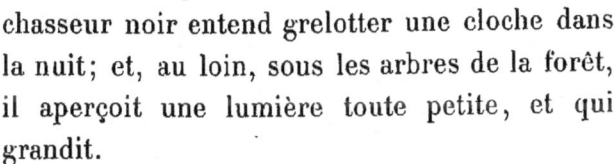

Et voici que su-
bitement le petit
chasseur noir entend grelotter une cloche dans
la nuit; et, au loin, sous les arbres de la forêt,
il aperçoit une lumière toute petite, et qui
grandit.

Il a tué le loup, le renard, la biche et ses
faons; mais à mesure ensuite, ils sont venus se
ranger à la file derrière son cheval couleur
d'ébène; et tous ensemble ils vont par les
noires allées.

Puis doucement le ciel s'étoile, un vent très
léger souffle dans les feuilles, le petit chasseur
noir erre longtemps, et enfin, se dresse devant
lui la hutte de l'ermite illuminée comme une
chapelle.

Le porche est grand ouvert; au fond, comme

une aurore, flamboie une verrière; il entre, suivi
du renard, de la biche et de ses faons; la cloche
ne cesse pas de tinter; et aussitôt il est entouré
d'une large lumière.

Devant l'autel l'ermite, debout, croise ses

bras, et
près de
lui, le
grand
cerf, une
dalmati-
que sur
la crou-
pe, en-
tonne les
antien-
nes.

Déjà,
transporté de fureur, le petit chasseur, tire son
coutelas, il va massacrer le cerf quand l'ermite
l'arrête d'un geste :

— Beau cavalier, le moment est venu; un sort
contraire t'a fait chercher longtemps, par monts
et par vaux, le rêve de ta vie; et le noble cerf,
mon compagnon, n'était pas autre chose que
cette image de ton rêve qui toujours te déce-

vait, mais voici que, pour te récompenser de ta longue espérance, le vrai bonheur s'offre à toi.

Au même instant le couvercle de la boîte s'ouvrit, et le beau petit chasseur noir vit, dans la clarté du jour, une fillette rose qui lui souriait.

LA NOËL DES JOUETS

Le bonhomme Hiver avait été sorti de sa boîte et, depuis une semaine, s'étalait au beau milieu de la vitrine, à l'endroit où les petits garçons et les petites filles pouvaient le mieux l'apercevoir du dehors.

Nul, en le voyant tout poudré de frimas, dans sa longue houppelande fourrée qui lui tombe jusqu'aux bottes, ne pouvait douter que le temps des neiges ne fût revenu; et en effet, non seulement son bonnet garni de fourrures, ses

grosses moufles et son col relevé jusqu'aux
oreilles portaient les marques des terribles ra-
fales blanches qui assaillent le voyageur perdu
dans les steppes septentrionaux, mais encore
les flocons avaient si bien empli sa longue barbe
de vieillard qu'elle semblait changée en une
barbe d'argent.

Oh! il arrivait de loin, le bonhomme Hiver;
en marche dès les derniers jours du dernier
automne, il avait laissé le pôle derrière lui,
avait traversé les mers de glace et les plaines
couvertes d'une neige éternelle, un beau matin
était entré dans Paris, sans tambour ni trompette, après avoir marché si vite, si vite, que
le petit astrologue, qui, de dessous son cha-
peau pointu, turlututu, regarde constamment
le ciel à travers de grosses bésicles rondes, le
croyait encore au Kamtchatka, alors que déjà
il secouait par la rue, sur le trottoir de la boutique, les belles ouates étincelantes qui lui du-
vetaient les cheveux, la barbe et les habits.

Même il semblait que jamais le bonhomme
Hiver ne s'était annoncé plus rude. Rien qu'à
le voir sous sa toison chenue qui lui donnait
l'aspect d'un ours blanc arrivé par express, sur
ces flottantes banquises qui sont les diligences

de l'océan polaire, on était pris de frisson dans
le dos, et les dents claquaient, comme si tout
à coup on eût senti se répandre en soi un froid
mortel.

Ce n'était là que l'impression du premier
moment; car tout de suite après, les roses qui
lui fleurissaient les joues, comme le reflet
de quelque lointaine aurore boréale, faisaient
penser, on ne sait trop pourquoi, à la flamme
des bûches brûlant dans l'âtre; et une chaleur
délicieuse procurait la sensation d'une pièce
bien chauffée, où le vent ne pénètre pas et que
de petits enfants roulés sur les tapis animent
de leurs rires et de leurs jeux.

Peut-être le grand ouvrier des joujoux, en
donnant ainsi au vieux rouleur de chemins tout
à la fois des joues roses qui lui laissaient comme
une apparence de jeunesse éternisée et une
barbe toute blanche qui faisait penser à un Ma-
thusalem antique comme le monde, avait-il
voulu faire comprendre que, même à travers les
glaces du plus âpre hiver, même sous les neiges
de l'âge le plus avancé, le cœur garde encore
un trésor de chaleur et de vie qui ne permet
pas à la mort d'accomplir entièrement son
œuvre.

Vieux rouleur de chemins, ai-je dit; et certes, le mot est juste, bien que, tout d'abord, il semble un peu irrespectueux, appliqué à l'un de ses quatre ministres que le bon Dieu a chargés du gouvernement des quatre saisons. Depuis que la terre est la terre, c'est-à-dire depuis qu'aux approches de la Saint-Nicolas, de la Noël et des Étrennes, les magasins de jouets se peuplent de polichinelles, de pantins, de boîtes à soldats, de chevaux mécaniques, de chiens à soufflet et de poupées, tous les ans on le voit reparaître avec son paletot blanc, ses cheveux et sa barbe de neige et son nez piqué de rose par la bise, dans ses hautes bottes fourrées qui seraient pareilles aux bottes de sept lieues du petit Poucet, si, à la différence de ces fameuses bottes, celles du bonhomme Hiver, à chaque pas qu'elles font par monts, mers, fleuves et vallées, ne mettaient entre la pointe et le talon de chacune d'elles jusqu'à vingt-cinq, trente et quarante lieues, ce qui est bien plus extraordinaire.

Or, toutes ces années s'ajoutent à son âge

sans le changer ; il a toujours le même visage
lisse, luisant, divinement illuminé de joie et
de douceur, comme si un peu du soleil parti
au temps des neiges continuait à brûler sous
sa dure et revêche écorce ; ses épaules sont
toujours fermes et droites, sans que les misères
et la longueur du chemin puissent les faire
fléchir ; et tel nous, les grands, nous l'avons
connu, frais, joli, heureux, avec sa houppelande, son bonnet, ses bottes, quand nous étions
petits, tel vous, nos cadets, quand vous serez
grands, vous le reverrez encore, défiant les atteintes du temps qui ravage tout et pourtant
n'a point touché à sa majesté blanche.

Or, à peine le bonhomme Hiver se fut-il
montré étincelant de givre et rosé comme un
bonbon, à la vitrine de Cabarrus, que tous les
petits garçons et toutes les petites filles qui,
après la classe, s'arrêtaient devant l'étalage du
vieux marchand, furent saisis d'une grande joie.

'un après l'autre, ils s'en
venaient coller leurs pe-
tits nez cramoisis contre
la vitre, soufflant leur haleine sur le brouillard
gelé qui les empêchait de distinguer nettement
les objets. Sans doute les poupées, les soldats,
les arlequins, les boutiques d'épiceries, les moulins à vent, les arches de Noé chatouillaient en
eux le désir de la possession; mais, plus que
tous les autres jouets, ils contemplaient la grande
barbe blanche et les vêtements tatoués de neige
de leur vieil ami. Le patriarche, de son côté, à
en juger par l'air de contentement répandu sur
son visage souriant, ne semblait nullement fâché
du plaisir que sa vue remuait dans ces petits
cœurs d'enfants.

Même il arrivait quelquefois que les nez s'é-
crasaient contre la montre, au point de n'être
plus des nez, mais des truffes, des marrons,
des nèfles, des boules de mastic aplaties et
tout ce qu'on voulait, excepté des nez véri-
tables, et que les jolis fronts bouclés, à force
de heurter la vitrine, manquaient renverser sur
les rayons les grands pantins appuyés aux carreaux de verre.

C'est que le bonhomme Hiver, cause de toute
cette curiosité ravie, ne ramenait pas seulement le temps des hommes de neige, que de
grosses mains rouges font monter toujours
plus haut, ni des folles parties où les mêmes
grosses mains rouges roulent des pelotes gla-
cées pour s'en bombarder; le bonhomme Hiver
faisait naître encore la pensée d'une avalanche
de beaux joujoux tombant par les cheminées
dans les paniers et les sabots; des arbres de
Noël qu'au matin, dans les chambres aux ri-
deaux bien clos, on aperçoit tout à coup, étincelants comme une nuit étoilée, avec des bougies, des globes de métal, des mirlitons et des
rubans à chacune de leurs branches; puis encore
des boîtes de confiseries, des cornets de pralines,
des drageoirs emplis jusqu'au couvercle, les

mille surprises que le jour des étrennes fait pleuvoir entre les grosses mains rouges de tout à l'heure, qui alors cessent d'être rouges et deviennent toutes pâles, comme les joues et la bouche, dans le saisissement de palper ces merveilles délicates.

Et voilà ce qui versait, au cœur des petits garçons et des petites filles entassés devant l'étalage de Cabarrus, une si douce joie qu'ils en oubliaient l'heure de rentrer chez eux.

A plus forte raison, ils oubliaient que si, pour les privilégiés, pour les heureux petits enfants des riches, l'hiver se présente toujours sous les traits d'un jovial bonhomme aux poches rembourrées de jouets et de bonbons, riant dessous ses gros sourcils et son épaisse barbe de ouate, avec une bonne humeur qui défie la rigueur des frimas, les enfants des pauvres, eux, ne voient apparaître à leur chevet qu'un sombre fantôme, remuant de grandes mâchoires vides et décharné comme un squelette sous les plis de son long suaire blanc; et tantôt il s'appelle Famine, tantôt il s'appelle la Mort.

Le joli monde des poupées, des équilibristes, des lapins jouant du tambour, des clowns cognant des cymbales et des autres personnages

dont se compose la comédie des Jouets, n'avait
pas salué, d'ailleurs, la soudaine arrivée de
M. l'Hiver, d'une moins vive joie que les ribam-
belles de fillettes et de garçonnets.

Eux aussi, en effet, avaient des raisons pour
trouver délicieuses les heures qu'allait bientôt
sonner le coucou de l'horloge, maintenant que
le bonhomme Hiver avait repris sa place sur les
rayons de l'étalage.

Pensez donc! C'était le moment choisi des
papas et des mamans pour faire leurs em-
plettes : alors ils entraient en si grand nombre
dans la boutique, que Cabarrus ne savait où
donner de la tête; et comme il y a toujours eu
une secrète émulation entre les jouets, chacun
s'efforçait d'attirer l'attention, les pantins et les
polichinelles par des grimaces et des contor-
sions, les poupées en affectant une modestie
qui n'est point dans leur nature.

Mais une chose mettait surtout en rumeur
toutes ces folles têtes de bois et de carton,
éprises d'aventures et tourmentées par le goût
du changement : il leur tardait de savoir entre
quelles mains elles allaient passer au sortir de
Cabarrus; toutes faisaient des rêves plus extraordinaires les uns que les autres; et le moins

qu'elles espéraient, c'était une affection inaltérable qui les unissait à de petits compagnons
beaux comme le jour et qui ne finissait qu'avec
leur propre vie.

Cependant, une joie différente régnait dans la
mignonne crèche que le marchand avait placée
à l'endroit le plus apparent de la vitrine, un
peu au-dessous du bonhomme Hiver.

Il y avait là comme l'attente et le frisson de
quelque événement prochain, dont la petite
étable et ses hôtes pacifiques devaient être
témoins. On n'eût pu expliquer autrement l'air
effaré des trois vaches, plus occupées à tendre
le cou qu'à brouter la botte de foin qui leur
servait de pâture; et vraiment toutes trois rou-
laient, sous leurs cornes, des yeux si étonnam-
ment dilatés vers un angle obscur du magasin,
qu'elles semblaient attendre la venue de quelqu'un qui dût arriver par là.

Deux bergers aux jambes nues, si rouges
qu'elles paraissaient avoir été cuites au feu, ce
que rendait plausible l'habitude qu'ont les pâtres
d'allumer la nuit des tas de brandes et de pailles,
tant pour se réchauffer que pour chasser les
bêtes méchantes, tenaient leurs regards dirigés
du même côté.

Au bout d'un petit temps, une étoile d'or,
pendue à un fil de laiton dans un sapin, et qu'on
ne distinguait pas tout de suite, bien qu'elle
brillât du plus vif éclat, donnait la clef de ce
mystère.

Nul doute, c'était cette étoile que contemplaient avec tant d'attention les trois vaches et
les deux bergers; elle-même ressemblait à un
œil ouvert là-haut, et duquel tombait jusque
dans l'étable un regard humide, d'une douceur
et d'une tendresse infinies. Et cette particularité
émouvante d'une étoile cachée dans les feuillages et regardant devant elle comme un simple
œil humain, suffisait certes à justifier la surprise
manifestée par les bêtes autant que par les gens.

Cependant, à force d'observer en tous sens,
une légère éminence au pied de laquelle avait
poussé le sapin, finissait par s'apercevoir, aride
et pelée, d'un ton rouge brique pour exprimer
la stérilité désolée de la terre. Cette éminence
peut-être n'eût rien dit par elle-même si on n'y
avait remarqué la présence de trois petits personnages somptueusement vêtus et qui, la face
tournée vers l'étable, paraissaient faire de visi-
bles efforts pour s'y acheminer le plus rapidement possible.

5

L'un d'eux, noir comme un pâté d'encre, sous le turban jaune qui lui ceignait le front, portait une robe verte tombant en larges plis jusqu'a ses pieds et tenait à la main un encensoir d'or ciselé; celui-là, à en juger par la couleur de sa peau, venait du fond des déserts. Le second était vêtu d'un manteau rouge bordé d'argent. Le troisième n'avait pas de manteau, mais marchait dans une tunique blanche. Et tous trois étaient les rois mages accourus pour saluer la naissance du petit Jésus dans la crèche.

Il y avait longtemps déjà qu'ils s'étaient mis en route; oui, dès le jour où la joie des enfants avait salué le bonhomme Hiver derrière les vitres de Cabarrus, ils avaient quitté leurs tentes, leurs femmes, leurs serviteurs, appelés de si loin à ce grand rendez-vous de la fin de l'année où leur présence était indispensable et qui marquait dans la vie des jouets comme la fête d'amour et de fraternité.

Alors ils avaient traversé des espaces incommensurables que les petits chemins de fer mécaniques, rapides comme l'éclair une fois qu'on leur a donné le tour de clef, mettent bien deux minutes à franchir, deux minutes, c'est-à-dire deux siècles dans cette éphémère existence des joujoux.

Ils avaient passé devant les boîtes à soldats, devant la forteresse en carton au haut de laquelle un mignon fusilier est censé surveiller l'approche de l'ennemi, devant les affreux bédouins pareils à des fantômes sous le flottement de leurs vastes burnous blancs, devant les arches de Noé plongées dans les douceurs d'une paix profonde, devant les bergeries où des moutons cravatés d'une faveur rose avaient vaguement fait entendre de confus bêlements d'allégresse en reconnaissant leurs amis les pèlerins. Et ils avaient encore coupé à travers des forêts de sapins tout chargés de colifichets étincelants et qui n'attendaient que la nuit de Noël pour flamber comme des torchères dans les chambres tapissées de houx et de guis; là des bêtes malfaisantes, tigres, lions, panthères, jaguars, avaient allongé vers eux leurs gueules, mais sans leur faire de mal, car un pouvoir miraculeux les mettait à l'abri des atteintes des méchantes bêtes non moins que des méchantes gens. Aussi, pas plus que les terribles habitants des forêts, le diable de la boîte à surprises et ses suppôts, les funestes arlequins et les malicieux polichinelles, ne s'étaient départis vis-à-vis de ces doux voyageurs d'une réserve prudente.

Et sans trève ils avaient marché, laissant derrière eux des pays merveilleux où des girafes et des éléphants caparaçonnés de pourpre et d'or promenaient parmi les palmiers des princes indiens et des reines asiatiques assis sous des palanquins, dépassant des contrées peuplées de nains, de fées, de chats bottés, d'ogres ouvrant des gueules comme des fours et de délicieuses poupées habillées à la turque, avec des vestes soutachées de filigrane et des pantalons de soie bouffante.

L'horrifique gendarme toujours à cheval et qui brandit un sabre de bois, si grand qu'il suffirait à pourfendre d'une fois toute une armée de petits soldats, ne leur avait pas demandé leurs papiers, bien qu'il représentât l'autorité et que généralement celle-ci se montre peu endurante à l'égard des coureurs de grand chemin. Toutefois, comme il est avéré que Pandore ne saurait tolérer la moindre infraction aux lois établies sans faire preuve de zèle, on assure que le redoutable gardien de la paix publique, après avoir porté la main à son tricorne, avait grommelé sous ses grosses moustaches plus aiguisées que des poignards :

— Petits mages... vois bien... Venus pour petit Jésus, hein?... Passez! mais ne vous avisez pas recommencer, mille milliards de sabretaches!

Ayant fait ainsi des lieues et des lieues sans autre guide que l'étoile d'or dont le scintillement les appelait là-bas, comme un œil ouvert dans les ténèbres, ils étaient enfin arrivés sur la petite éminence qui domine la crèche. Encore un pas, et ils toucheraient au terme de leur long voyage.

Mais il fallait attendre pour cela que la nuit de Noël eût sonné; et justement quelques heures les séparaient à peine de l'heureux moment où ils pourraient enfin pénétrer dans la crèche.

Il n'y a pas de beau réveillon sans la neige. Aussi le bonhomme Hiver s'évertuait-il à secouer ses bottes, sa barbe et sa houppelande, pour en faire tomber les blancs flocons; et ceux-ci tour-

billonnaient en folles sarabandes, couvrant à
mesure le toit de l'étable, les petits sapins et
les bergeries, d'une couche brillante qui ressemblait à de l'écume d'œufs fouettés.

Rien ne peut dire la douceur du silence qui
régnait parmi les jouets, pendant que se prépa-
rait ainsi la grande nuit sainte ; eux d'ordinaire
si turbulents, se tenaient à présent immobiles
et muets, les regards tournés du côté du coucou ;
et lentement, oh ! combien lentement ! sur le
cadran émaillé, les aiguilles se mouvaient avec
un tic tac monté du mécanisme comme une res-
piration.

Même les poupées dont la petite cervelle
tourne à tous les vents comme des ailes de moulin, étaient prises d'un tel saisissement, dans
l'attente des choses extraordinaires qui allaient
se passer, qu'elles en oubliaient de donner
l'essor à leur loquèle.

Chose plus étonnante encore, les polichinelles
cessaient de médire du prochain ; les acrobates
cessaient d'effrayer les sensibles bergères en
accomplissant leurs effroyables voltiges ; et les
cymbaliers, toujours en train d'assourdir les
oreilles en cognant l'un contre l'autre leurs
disques retentissants, s'interrompaient de trou-

bler les paisibles moutons à roulettes de leur vacarme désordonné.

Tout à coup, un ronflement partit de l'horloge, annonçant la sonnerie ; la mystérieuse petite porte s'ouvrit en haut du cadran ; et le coucou parut, saluant de ses douze coups de gosier l'heure où, dans une étable de Judée, il y a quelque mille ans, naissait le doux enfant des hommes.

Jamais le noir oiseau, messager du temps, n'avait été si ému ! A chaque coup qu'il sonnait, la trépidation qui le secouait des pieds à la tête en temps habituel devenait si violente qu'il semblait avoir l'air de vouloir s'arracher de sa ténébreuse petite demeure pour prendre son vol à travers l'espace. Mais ce n'était là que l'effet de la joie qu'il éprouvait à sonner le minuit pour ses amis les jouets, de bien vieux amis, en effet, taillés dans le même bois que lui et dont il réglait l'existence en sortant toutes les heures de la cage où l'avaient emprisonné les méchants artisans de la Forêt Noire.

Oui, son plaisir à leur annoncer Noël l'agitait si fortement que, bien qu'il eût voulu claironner plus haut que Chanteclair, le grand coq à soufflet dressé sur ses ergots, il ne put

émettre qu'un souffle qui, tout de suite, se per-
dit dans l'immense rumeur des poupées, des
polichinelles, des soldats, des jockeys et généralement de tous les individus quelconques qui
pullulaient chez Cabarrus.

Cette rumeur où il y avait tout à la fois de
l'allégresse et de l'admira-
tion, s'expliquait à la vérité,
par le spectacle qu'offrit
brusquement la petite crèche.

Là, sur des pailles luisantes
comme de l'or, une petite chair de
cire reposait, si transparente et si
rose qu'on eût dit un fondant et que
l'émail des plus coûteuses poupées
pâlisssait à côté : c'était le petit Jésus
des jouets. Près de lui se tenait assise la
Vierge Marie, la tête couverte d'une draperie
bleue qui lui descendait jusqu'aux genoux. On
n'aurait pu imaginer de plus doux visage, avec
ses grands yeux noirs où semblait se réfléchir
l'étoile d'or, et l'aimable sourire qui flottait sur
sa bouche; sans nul doute, en la faisant si belle,
l'artiste avait voulu exprimer la tendresse et le
bonheur qui, chez les joujoux comme chez les

hommes, se revêtent toujours de couleurs brillantes.

Les trois mages, d'ailleurs, avaient été aussi, de sa part, l'objet d'une prédilection toute spéciale. A présent ils regardaient la crèche avec les signes de la plus vive émotion, tous trois si richement vêtus et peints de tons si tendres qu'on ne pouvait se méprendre un seul instant sur leur titre de rois. Le nègre surtout écarquillait dans sa face noire des yeux ronds comme des boules de loto et qui, à force de se fixer sur le joli enfant de la crèche, avaient fini par loucher, ce qui donnait à sa grosse figure couleur d'ébène un air particulièrement émerveillé.

Les vaches et les bœufs eux-mêmes, semblaient avoir, comme l'étoile et les moindres objets de cette étonnante boîte de Nativité, des regards humains pour contempler l'événement dont une providence amie des humbles avait permis qu'ils fussent les témoins. L'âne, un peu plus loin, avec sa belle selle en velours rouge, dressait superbement les oreilles, comme s'il eût été un personnage indispensable et que la fête n'eût pu être complète sans lui.

Tout ce monde était heureux, bien heureux : à leur manière, l'âne et les bœufs faisaient entendre des cantiques, en meuglant et en brayant, et je vous assure qu'ils n'étaient pas moins beaux que ceux des mages et des bergers. Le concert était repris plus loin par les petits moutons des bergeries et les bêtes des autres étables; puis les chevaux se mirent à hennir, les éléphants prolongèrent leur barrit, l'aigre crécelle des cigales essaya de dominer les autres bruits. De moment en moment le chœur s'élargissait, mille cris discordants finissaient par se fondre dans cet alleluia; même les tigres et les lions adoucirent leurs rauques clameurs pour chanter la gloire du suprême ouvrier qui n'avait pas dédaigné de mêler de simples animaux à cette fête de la pacification.

Pendant un instant la discorde s'effaça de dessus la terre, tout au moins dans cette portion du globe qui était la boutique de Cabarrus; la guerre cessa de ruer les uns contre les autres les petits soldats de plomb; il y eut entre les singes, les chiens, les chats, les souris mécaniques, les serpents articulés et le reste de la création un accord touchant; et la fraternité devint une réalité qui changea la face des choses, comme si véritablement il eût suffi de l'apparition du petit Jésus dans sa crèche pour

éteindre les vieilles haines, dissiper l'esprit
de ruse et de perversité, consommer à jamais
l'œuvre d'amour et de paix.

Qui fut bien penaud? Ce fut le diable de la
boîte à surprises. Coup sur coup il sortit de
son coffre, piquant des têtes dans le vide, remuant sa grande barbe noire et ses gros sourcils, faisant d'incroyables efforts pour terrori-
ser le monde comme par le passé. Mais son
pouvoir semblait fini; personne ne prenait plus
garde à ses mines terribles; il se démenait au
milieu de l'indifférence générale; et la confiance
était à ce point revenue que, quand il poussait
son couvercle en éternuant, les poupées lui ré-
pondaient en riant : Dieu vous bénisse.

De guerre lasse, il replongea dans sa boîte
où il prit le parti de dormir jusqu'au lendemain.
Malin comme un diable qu'il était, il savait bien,
le Mauvais, que la bonne entente ne règne jamais longtemps en ce bas monde et qu'il est
aux plus beaux rêves un réveil qui en met à
néant les trompeuses illusions. Du moins, c'est
ainsi que raisonnait cet ennemi du genre humain.

Et la symphonie allait, chantait par l'air,
battait les plafonds, soutenue maintenant par la

grêle musique des harmonicas et des violons à
dix sous; puis les trompettes se mirent de la
partie, les flûtes piaulèrent, les tambourins ronflèrent, tout l'orchestre des petits instruments
de cuivre et de bois se déchaîna.

A un certain moment même, comme pour
renforcer le bruit, les canons lâchèrent leurs
volées, tirèrent des salves qui se confondirent
avec le mugissement des petites locomotives; et
les moulins à vent tournaient, des grelots imi-
taient le drelin drelin des cloches dans les bef-
frois, les batteries de cuisine au fond des boîtes
à ménage s'entrechoquaient. Il semblait vraiment qu'une âme était descendue dans les plus
obscurs jouets et opérait le miracle de les asso-
cier à la commune allégresse.

La métamorphose n'était pas moins sensible
chez les poupées et les polichinelles.

Celles-là étaient prises d'attendrissements à
l'idée que leur rêve d'une affection partagée
allait enfin se réaliser; et elles ne pensaient
plus qu'à se dévouer, à se faire les compagnes
inséparables et constantes des petites filles,
leurs futures amies; le bon petit cœur que leur
a donné la nature l'emportait à la fin sur les
écarts et les folies de leurs mignonnes têtes tou-

jours préoccupées de futilités, et qui, comme
toutes les têtes un peu sottes, quelquefois sans
le savoir, paraissaient verser dans la méchanceté. Mais, Dieu merci, ce n'étaient là de leur
part que de simples apparences; et peut-être
leurs défauts qu'un grave auteur comme moi
est toujours tenté d'exagérer, ne leur venaient-
ils que de leur ressemblance avec les grandes
personnes dont elles sont l'amusement.

Quoi qu'il en soit, aucune pernicieuse pensée
ne surnageait plus, cette nuit-là, aux bonnes in-
tentions revenues; toutes également auraient
pu être citées comme des modèles de douceur
et d'abnégation, toutes, dis-je, depuis les poupettes à six sous, dont le corps, rembourré de
son, s'étoffe d'une percaline rose qui, par moments, s'oublie jusqu'aux teintes cardinalines de
l'écrevisse, les humbles poupettes des pauvres
aux têtes en bois plaquées de vermillon aux
joues et de vernis laque aux cheveux, ce qui ne
les empêche pas d'être aimées de leurs petites
mamans aussi tendrement que les autres, toutes,
jusqu'aux étonnants bébés articulés qui ont de
vrais cheveux, des yeux de nacre mobiles, des
pendants aux oreilles et dont la peau pâle, sa-
tinée de reflets de chair humaine, se dérobe

sous des batistes, des soies et des fourrures.

Quant aux polichinelles, tous chamarrés d'or et bariolés comme des arcs-en-ciel afin de donner le change sur leur âme plus noire que la face des petits ramoneurs, j'ai quelque raison de croire que leur candeur était plutôt affectée que réelle. Ce n'est pas pour rien que le Créateur leur a donné un long nez recourbé en demi-lune, une bouche en coup de sabre et un menton qui, pareillement à celui du diable à surprises, de l'astrologue et des sorciers, s'avance comme la pointe d'un sabot. Avec un semblable masque, si beaux que soient les dehors, il n'est ruses auxquelles on ne doive s'attendre. Ajoutez les deux sacs à malices qui, sous la forme des bosses jumelles, leur pendent au dos et à l'estomac, vraies besaces d'enfer qu'ils portent partout avec eux et qui, depuis le commencement du monde, leur servent à répandre sur les hommes les pires fléaux, je veux dire l'envie, l'ironie et la calomnie.

Cependant, tant bénin était le charme de cette incomparable nuit qu'un au moins des nombreux polichinelles qui infestaient la boutique à Cabarrus, un pauvre et vulgaire polichinelle en loques de coton à peine rehaussées de quel-

ques liserés de paillon, et duquel constamment
se moquaient les autres polichinelles tout pim-
pants d'or, de plumes et de satin, rêva véritablement de se sacrifier pour les suprêmes dé-
lices du petit enfant auquel il était prédestiné.
Oui, il accepterait d'être mis en morceaux,
déchiré, déchiqueté, taillladé, sans mot souffler,
si tel était le bon plaisir du rose tyran qui l'aurait en partage.

Par quelle magie les sapins, les joyeux sapins
de Noël disséminés parmi le magasin, s'allumè-
rent-ils soudainement dans les ténèbres pleines
de musiques et de chants? Quelle main mit le
feu aux innombrables bougies rouges, vertes et
bleues, attachées par des fils de fer à leurs
branches? Nul jusqu'à ce jour ne l'a pu dire,
et pourtant c'était un fait qu'un aveugle seul
eût pu contester. En moins d'une seconde, du
haut en bas les beaux arbres constellés de rubans et de fanfreluches se mirent à flamboyer
comme des lustres, ou, pour être plus vrai,
comme un firmament illuminé d'astres.

La petite étoile d'or, en effet, qui seule tout
à l'heure éclairait l'ombre, semblait à présent
s'être multipliée en des milliers d'autres petites
étoiles qui toutes scintillaient dans la profondeur

7

des noires verdures, les unes sous la forme de découpures en papier, les autres sous la forme de trèfles roses dans des lanternes vénitiennes. Et l'on eût dit autant de petits yeux clignotants dont le regard coulait doucement à travers l'espace et versait sur les jouets quelque chose de la douceur et de la tendresse que laissait aussi tomber jusqu'à eux la belle étoile d'or, conductrice des mages et des bergers.

Les petits arbres des bergeries eux-mêmes, avec leurs frisures de copeaux et la rondelle de bois jaune qui leur tient lieu de terre nourricière, étincelaient de langues de feu qui, sous les verts feuillages, ressemblaient à des fruits de pourpre et d'or.

Et tout, dans la vieille chambre où s'empilaient les marchandises de Cabarrus, si toutefois un pareil mot n'est point irrévérencieux pour les délicieuses illusions et les songes séduisants de ce joli monde chimérique, tout, sous les plafonds fourmillants de sabres, de tambours, de shakos, de fusils, de charrettes à quatre roues, de chevaux harnachés, de pantins, de poupées, d'harmonicas, tout, le long des murs, à la vitrine, sur le comptoir, était rayons, lumière, éclat, disques clairs comme la lune, paillettes

enflammées, aigrettes flambantes. Et des tru-
meaux croulaient, par longues grappes, les
mirlitons, les boules de métal, les trompes,
les balles de gomme, les chats à soufflet, les
cahiers d'images, les livres de contes de fée,
une avalanche de choses brillantes qui don-
naient l'idée d'arbres merveilleux poussant dans
une terre enchantée.

Jamais les braves joujoux n'avaient été à pareille fête. De joie, les acrobates se livraient
sur leurs trapèzes à des cabrioles vertigineuses,
les clowns, à papillon dans le dos et à toupet
d'étoupe sur le front, rivalisaient de gambades
et de cocasseries, l'homme-orchestre tapait sur
sa grosse caisse avec une telle frénésie qu'il
en devenait délirant, la danseuse de corde, à
force de presser le mouvement, n'était plus
qu'un éclair rose et bleu dans un cercle de feu,
et les cymbaliers à casaque safran et à culottes
indigo se démanchaient les bras en cognant
leur tam-tam si activement qu'ils eussent fait
honte aux paillasses les plus habiles à frapper
le gong dans les parades des foires.

Le bonhomme Hiver, lui, continuait toujours
à secouer ses blancs flocons, légers comme du
duvet de cygne. Une douce gaîté, comme seuls

en ont les vieux grands-pères jouant avec leurs
petits-enfants, animait ses yeux et mettait un
sourire sur ses flots de barbe. Certes, il n'avait
rien de commun avec l'affreux hiver des rues,
celui qu'on voit patauger dans des mares de
neige fondue, étoilé de crotte jusqu'à l'échine.
C'était, au contraire, un hiver bien élevé, nullement terrible malgré son apparence d'ours
polaire, et qui s'amusait à neiger bien moins
pour faire de la peine aux pauvres gens que
pour les engager à goûter au coin du feu, dans
la rumeur des enfants, la paix heureuse de la
famille. Ainsi eussiez-vous certainement pensé
si vous l'aviez vu étinceler sous la clarté des
bougies, tout scintillant de perles et de dia-
mants dans sa fourrure de givre qu'on eût léché
du bout de la langue, tant le givre ressemblait
au sucre dont les pâtissiers saupoudrent leurs
bonbons.

Longtemps encore dura cette fête d'illusion
et de folie; longtemps encore, autour de la petite crèche, résonnèrent les cantiques des pâtres
et des ouailles célébrant la naissance du Sau-
veur; et toujours les harmonicas, les trompettes,
les trombones, les flûtes, les violons vibraient,
ronflaient, grinçaient, cornaient, toujours allaient

les pirouettes, les gambades et les saltations des acrobates, des clowns, des arlequins et des polichinelles.

Mais comme le matin commençait à filtrer par les contrevents, un coq à soufflet chanta. Aussitôt le magicien leva son bâton; les lumières s'éteignirent; une paix froide tomba sur les pauvres sapins naguère si brillants; les jouets redevinrent muets. Et, dans la demi-obscurité, il ne resta plus que la clarté vivante d'une petite bouche continuant à sourire aux mages, aux vaches, à l'âne, aux poupées, aux pantins, à tous les êtres de la boutique.

Et cette bouche était celle de l'Enfant Jésus couché sur sa botte de paille, là-bas, contre la vitrine.

L'HOMME, LA FEMME

LE COQ ET L'ARBRE

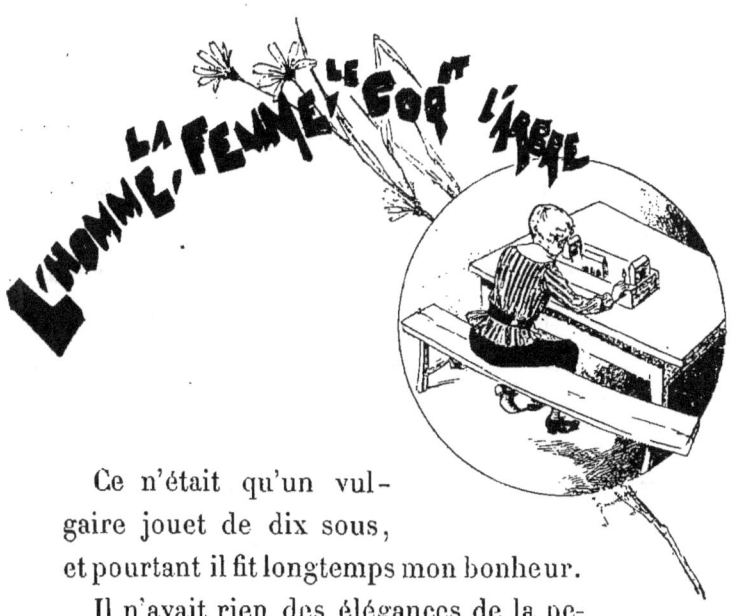

L'HOMME, LA FEMME, LE COQ ET L'ARBRE

Ce n'était qu'un vul-
gaire jouet de dix sous,
et pourtant il fit longtemps mon bonheur.

Il n'avait rien des élégances de la petite maison rose où, au mouvement d'un ressort,
une fenêtre s'ouvrait, laissant apparaître une mignonne bergère — était-ce bien une bergère? —
qui me disait bonjour. Comme la petite maison
toutefois, le jouet cachait un mystère, et ce
mystère me le rendait plus précieux que s'il
eût été taillé dans les bois les plus rares.

Régulièrement, chaque fois que je tournais
une manivelle en fil de laiton, un homme, une
femme, un coq et un arbre semblaient sortir de
dessous terre à la file, comme une procession,
et en même temps j'entendais une musique délicieuse.

8

Je dis qu'ils semblaient sortir de dessous
terre. En effet, quel autre nom donner à l'endroit sombre dans lequel ils disparaissaient
ensuite, après s'être gravement promenés tout
le long de la mince planchette, sur le ruban
sans fin que faisait mouvoir la petite manivelle ?

Je sais bien que c'était une boîte comme les
autres boîtes, à cette différence près qu'elle ne
possédait pas de couvercle. Et cette absence
d'un couvercle avait bien son importance. Pen-
sez-donc : si le couvercle avait existé, je n'aurais eu qu'à le soulever pour être édifié sur ce
qui se passait dessous. Dès lors le jouet aurait
perdu le charme de l'ignoré qui nous fait désirer connaître ce que nous ne connaissons
pas et nous laisse anxieux jusqu'au moment
où le secret n'en est plus un et se change en
une maussade évidence.

Mais, encore une fois, la boîte était hermé-
tiquement close, et mes yeux ne pouvant pénétrer aux noires obscurités où, l'un après
l'autre, avec un plongeon brusque et singulier,
s'engouffraient l'homme, la femme, l'arbre et
le coq, elle me semblait si ténébreuse et si
profonde que mentalement je la comparais à
un abîme. Rien d'étonnant donc qu'ils me pa-

russent sortir de dessous terre toutes les fois
que la manivelle, en tournant, les obligeait à
se montrer sur la plate-forme où, pendant deux
grandes minutes, car je manœuvrais très lentement, ils défilaient à la queue leu leu.

Le soleil, quand il décroît à l'horizon, au
point de n'être plus qu'un vague disque rose
qui à son tour sombre dans la nuit, m'a souvent rappelé le saut décisif du petit homme, de
la femme, de l'arbre et du coq dans le vide
des quatre planchettes, l'effrayant et nocturne
vide que mes regards ne pouvaient percer.

Comme lui, d'ailleurs, après être demeurés
une seconde sur le bord du gouffre, indécis en
apparence, ils tournaient rapidement autour du
cylindre sur lequel glissait le ruban; et toujours
pareils au soleil, leur mystérieuse pérégrination
à l'intérieur de la boîte accomplie, ils émer-
geaient à l'autre bout, tournant sur le second
cylindre comme ils avaient tourné sur le premier.

Tous les quatre semblaient liés ensemble d'une
étroite amitié : le coq suivait la femme aussi
docilement que celle-ci suivait son mari; et
l'arbre lui-même suivait le coq avec complai-
sance, bien qu'un peu vacillant parfois, comme

s'il n'eût pu se résigner tout à fait à les suivre constamment dans leur promenade circulaire, et qu'il eût compris que le devoir d'un arbre bien élevé est de demeurer à la place où la nature l'a mis.

Ces velléités d'indépendance n'étaient que passagères, à la vérité. Il hésitait surtout au moment de plonger dans la boîte ; mais dès qu'il en était ressorti, une sorte de sérénité l'affermissait sur la petite rondelle. de bois jaune qui lui tenait lieu de racines.

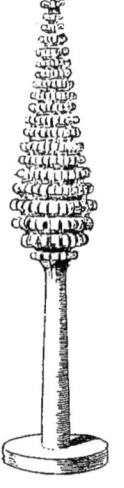

Après tout, sa haute taille lui rendait peut-être plus difficile qu'au coq, à l'homme et à la femme, cette périlleuse gymnastique. Plus j'y songe, plus je me persuade que c'était véritablement là le motif de ses apparentes tergiversations.

J'aurais donné gros pour être un instant fixé sur la corde à la suite de l'arbre, comme il l'était lui-même à la suite du coq, et explorer en si bonne compagnie ces ténébreuses régions qui se dissimulaient aux parois de la boîte. J'y aurais vu certainement des choses qu'on ne voit point ailleurs. Quelles choses? Mon imagination

flottait à cet égard dans un océan d'incertitudes.
Le moins qu'il me paraissait possible de con-
jecturer, c'était, au fond d'une obscurité si
épaisse que la disparition du jour n'était rien
à côté, des monstres, d'horribles dragons et de
dévorants serpents ouvrant de larges gueules,
avec la braise phosphorescente de leurs yeux
dardés.

Cependant, ni l'homme ni la femme ni le coq
n'avaient la mine de créatures échappées à un
danger : au contraire, une visible tranquillité
d'esprit perçait dans leur attitude et leur phy-
sionomie; et cette paix extérieure, d'où semblait bannie toute inquiétude, ajoutait encore à
mes perplexités. « Si la boîte ne renferme point
un danger quelconque pour eux, me disais-je,
pourquoi n'est-elle point ouverte? La nuit n'est
la nuit que parce qu'elle est pleine d'embû-
ches. »

Le petit homme était visiblement le chef de
la bande; c'est lui qui commandait, et tous,
même l'arbre, lui obéissaient. Il portait une
blouse bleue à reflets lie-de-vin, bordée dans le
bas d'une bande de fourrure jaune qui, en son
temps, avait dû orner quelque grand singe in-
connu des savants; et de larges bottes à l'écuyère,

encore qu'on ne sût quel rapport ces étonnantes
bottes pouvaient avoir avec sa condition de mar-
cheur pédestre, montaient jusque par delà ses
genoux. Un feutre mou hérissé d'une plume

rouge lui couvrait la tête;
il tenait ses deux mains sur
son cœur, et éternellement
tournait vers sa femme des
regards honnêtes et doux,
qu'on eût dit amollis d'ex-
tase.

Celle-ci, du reste, le regardait avec la même ad-
miration persistante. On
comprenait que rien au
monde n'aurait pu les ar-
racher à leur contempla-
tion mutuelle. Même sous
terre, dans le noir, ils devaient continuer à se cher-
cher des yeux. Et petit à petit j'en vins à m'expliquer par cette préoccupation, devant laquelle
s'effaçaient toutes les autres, leur indifférence à
l'égard des monstres imaginés par mes ter-
reurs.

Ils ne les voyaient pas, ne voyaient qu'eux-mêmes, fermés à tout ce qui n'était pas la lumière émanée de leurs âmes et reflétée par le point noir de leurs prunelles, dans leur petit visage vermillonné. Ah ! que j'aurais voulu être l'homme aux bottes à l'écuyère pour être aussi tendrement aimé !

Une chose toutefois me choquait : tandis qu'il était chaudement couvert, comme l'exigeaient les rigueurs du climat, elle, sa fidèle compagne, était vêtue d'une petite jupe jonquille sur laquelle retombait une seconde jupe cerise; et ses bras, ses pauvres bras nus sortaient d'un corsage de mousseline blanche, léger et transparent comme un nuage.

Je ne comprenais rien à l'insensibilité du petit homme, me disant qu'à sa place, je me serais dépouillé de ma blouse et de mes fourrures plutôt que de laisser grelotter une si excellente créature. Lui, conservait son inaltérable sourire tranquille, sans autrement se soucier de ce qu'elle pouvait souffrir;

et j'en vins à me convaincre que le fond de sa
nature était un grand égoïsme.

Il y avait aux deux extrémités de la plate-
forme une ravissante et rustique maisonnette à
toit bleu quadrillé de lignes noires pour imiter
le dessin des ardoises; des fenêtres à carreaux
de vitres verts, d'un vert si
intense qu'il avait l'air de
refléter la verdure des
prairies prochaines, s'en-
cadraient, sur le mur couleur de lune, entre des
volets cramoisis, je n'ai
jamais su pour-
quoi.

Entre ces
deux maison-
nettes, une construction plus haute, également
recouverte d'un toit bleu, déployait sur un bout
de pelouse, représenté par des brindilles de
mousse, trois arcades autour desquelles feston-
nait une vigne; et par-dessus la vigne, quatre
mignonnes fenêtres, avec les éternels carreaux
verts, étaient séparées par des bandes dè papier
d'or.

Ces choses me sont restées présentes aussi

nettement que si j'avais encore le jouet sous
les yeux. Je vois même les légers flocons blancs
que la neige avait accrochés aux arbres, car
j'oubliais de vous dire qu'il y avait un arbre de
chaque côté de la maison. Et pour rendre l'illu
sion des frimas plus complète, la mousse du

sol, elle aussi, avait été saupoudrée d'un peu de
poussière argentée.

Je ne pouvais assez admirer l'effort d'imagination qu'il avait fallu pour mêler ainsi, sans
qu'ils eussent trop à se plaindre l'un de l'autre,
l'hiver et l'été, car s'il neigeait sur les arbres de
la pelouse, la vigne avait conservé le vert écla-
tant des espaliers en juillet.

Or, chaque fois que tournait la manivelle,
mettant le ruban en mouvement, j'apercevais
sortant de la maisonnette de droite la petite

9

silhouette de l'homme à la fourrure, bientôt suivie de sa mignonne amie, du coq et de l'arbre. Je ne les distinguais d'abord que confusément, comme à travers un brouillard, à cause des vitres vertes qui émoussaient la lumière. Mais bientôt ils entraient dans la pleine clarté, un à un défilaient derrière les ouvertures du portique, puis de nouveau s'enveloppaient d'ombre dans la maisonnette de gauche où tous les quatre, l'un après l'autre, disparaissaient avant de s'engloutir définitivement dans la boîte.

Et toujours, tant qu'allait la manivelle, avec son grincement sourd de vieux moulin à café, « la musique », oh, très doucement, comme si on l'eût entendue de l'autre côté de la rue, jouait un air mélancolique qui contrastait étrangement avec la bonne humeur souriante de l'homme et de la femme.

Jamais je ne compris bien ce qu'exprimait cette musique, mais elle était si langoureuse qu'elle ne me paraissait pouvoir s'appliquer qu'à une peine secrète; et quelquefois, comme si le souffle lui manquait pour achever, elle s'arrêtait sur une note triste à en pleurer, qui avait la vibration du cristal et ne semblait plus devoir être suivie d'aucune autre.

Pick-mil-iou-piou! disait-elle, et, d'autres fois, les sons se pressaient avec abondance, pareils à de mignons soupirs qui tous ensemble cherchaient à se frayer passage.

Tout était mystère, du reste, dans le bizarre jouet, et je suis encore à me demander par quel méchant caprice du magicien ces quatre bons amis, qui ne pouvaient se séparer l'un de l'autre, avaient été pourtant contraints de se suivre sans que la distance entre eux se rapprochât jamais; ils auraient tourné pendant des siècles que c'eût toujours été la même chose.

Pour moi, je les plaignais de tout mon cœur; aucun sacrifice ne m'eût coûté pour leur permettre de se joindre enfin, même le coq et l'arbre qui d'ailleurs faisaient partie de la famille; mais ils étaient collés si fortement au ruban que, malgré des tentatives réitérées pour les en détacher, je n'étais parvenu à leur imprimer que de légères oscillations.

L'amitié qui existait entre l'homme, la femme, le coq et l'arbre, n'était, d'ailleurs, pas moins étonnante que la fatalité qui les empêchait de marcher côte à côte, ainsi que vont de vieux camarades d'une affection éprouvée. Certes, il me paraissait naturel que la femme emboîtât le pas à son mari, puisqu'elle ne pouvait l'accompagner autrement. J'admettais même la présence du coq, un minuscule chante-clair empenné de plumes mordorées et haut perché sur des pattes en laiton, les bêtes domestiques faisant quasi partie du train de la maison. Mais l'obstination de l'arbre à suivre le trio me faisait rêver : un arbre qui se déplace, marche, voyage comme une personne, n'est pas banal; vainement en chercherait-on un semblable dans la nature.

Pourtant, à force de le voir prendre sa part de la promenade commune, je m'habituai à trouver cet exercice moins extraordinaire; et la maison elle-même se serait mise en mouvement que je m'y serais, je crois, habitué comme au reste, tant le brave petit homme et sa femme me semblaient dignes de la sympathie universelle. Peut-être après tout, l'artiste, en alignant le végétal et l'animal sur les talons du tendre couple, avait-il simplement cédé au désir d'exprimer, en un matériel symbole, l'indissoluble affection qui, dans l'âme des gens de la campagne, finit par confondre les êtres et les choses associés à leur dure existence. Le paysan, attaché d'un si inébranlable amour à la terre qu'il laboure et ensemence sans trève, ne peut se

résigner à quitter le clos payé de ses sueurs.
Plutôt que de s'en séparer, il serait capable,
s'il pouvait, de s'en faire suivre. Et c'est pourquoi je me persuade que tel était bien le sens
de cette fraternité qui, à la suite des maîtres,
poussait l'arbre et le coq.

C'est égal : un peu de mélancolie me prend
encore à l'idée qu'il eût été si simple pour l'ar-
tisan de changer ses combinaisons en les rapprochant sur le même rang au lieu de les espacer
et de les faire tourner à la file. Et je pense à
tant d'autres qui, avant eux, ont ainsi tourné, à
tant d'autres qui, après eux, ainsi tourneront!

Mais alors je n'aurais pas senti s'éveiller la
pitié dans mon cœur. On apprend quelquefois
chez les jouets à n'être pas insensible au malheur
des hommes.

LE HOUX

LE HOUX

Au fond d'un parc, près d'un chemin, un houx avait poussé, superbe et traître. Ses feuilles lisses, qui semblaient découpées aux ciseaux par un habile ouvrier, tant elles étaient élégantes et nerveuses, avaient au toucher la froideur de l'acier et, pareillement à l'acier, étaient coupantes et dures. Leur vert se lustrait d'un éclat sombre, auprès duquel tous les autres verts pâlissaient, et, ni les sorbiers, ni la cerise, ni les fraises n'avaient la rougeur lumineuse des éclatantes baies qui, comme des coraux, pendaient le long de sa tige.

Aussi les arbustes du parc le regardaient-ils d'un œil jaloux et à la moindre raffale, ébouriffés comme des chats en colère, se penchaient vers lui et tâchaient de le flageller de leurs branches.

10

— Hé quoi ! sera-t-il toujours invulnérable, ce vilain houx qui semble cuirassé de fer, se disaient-ils entre eux, et n'arrivera-t-il pas un jour où, plus bas que la poussière, s'inclinera son immense orgueil?

De toutes parts le vent, ce messager subtil, recueillait de constantes injures à l'adresse du houx, et, drues comme grêle, les lui jetait à la tête. Vilain houx! méchant houx! houx maudit! Si bien qu'à la longue, ce nom devint semblable à une huée. Soufflait-il une brise? Hou! hou! faisait-elle en accourant du large jusqu'à lui; et cette rumeur, faible par les belles matinées d'août où le vent est comme une haleine d'enfant, s'enflait les jours d'orage jusqu'à paraître aussi retentissante que le tonnerre.

Mais l'universel courroux du parc n'eut pas de prise sur le houx; l'insulte glissait comme de l'eau sur ses luisantes feuilles, et, solidement enfoncé dans le sol, il avait l'air, sous sa robuste armure que rien n'entamait, d'un cuirassier posté en sentinelle.

Proche de lui, et abrité par son ombre, un plant de violettes, tout le printemps, s'était émaillé d'une floraison d'améthystes; aucun écrin n'aurait pu rivaliser avec l'éclat sombre de ce petit parterre qui, bien mieux que les bijoux, s'allumait de clartés tendres, et, avantage considérable! parfumait l'air en l'illuminant.

C'était le matin surtout, quand l'aurore égouttait ses rosées, ou le soir, aux derniers feux du soleil, que s'envolaient par l'air, avec des confidences, les fines senteurs des violettes; et elles disaient, en effet, le bonheur de vivre en paix dans la modestie et la vertu.

Hé! n'auraient-elles pu, en imitant la folie de tant d'autres, qui jamais ne sont satisfaites de leur sort, aspirer à répandre des baumes engourdissants à force d'être puissants, comme leurs triomphales sœurs les roses? Cela se voit chaque jour, mes enfants, et la créature qui sait jouir tranquillement de ce qu'elle possède, sans rien désirer au delà, est aussi rare que le bonheur qui n'est pourtant pas autre chose.

Je vous réponds bien qu'elles étaient heureuses les violettes, car elles ne demandaient qu'à rester violettes et leur bonté s'exhalait d'elles en nuées de délicats parfums. Telles j'ai vu, dans l'ombre des maisons, de sages petites filles, qui plus tard seront de sages jeunes femmes, montrer leur bon cœur en ne recherchant ni les jeux bruyants, ni les brillantes toilettes, et, comme les violettes, doucement parfumer les habitations par leur respect pour les parents, leur aménité envers les domestiques, la déférence à l'égard des vieilles gens.

Le maître du château et ses enfants souvent descendaient les marches du perron pour venir respirer la calme et légère odeur du parterre, qui était si bien celle des cœurs modestes et purs.

Homme grave, M. Damien ne manquait pas de tirer des exemples de la comparaison des aimables fleurs avec les hommes, et il parlait

à ses enfants à peu près comme je viens de
vous parler, les exhortant à n'être ni hautains
ni vaniteux.

Or les enfants s'étonnaient de voir la méchanceté à côté de la bonté, le houx à côté des violettes, et leur regard qui se posait comme du
velours sur celles-ci, s'enflammait tout à coup
comme de la braise, quand il se posait sur
celui-là.

— Méchant houx! vilain houx! disaient-ils
alors; et ils l'auraient voulu battre avec ses propres feuilles.

— Vous auriez tort d'en vouloir à cet ar-
buste, leur dit un jour leur père. Il a son uti-
lité dans le jardin, il protège les violettes; et
certainement, si celles-ci pouvaient parler, elles
ne manqueraient pas de se confondre en éloges
sur la conduite du houx à leur égard.

Il n'en dit pas plus long ce jour-là, mais un
matin la petite Alice, ayant voulu, malgré la
défense du jardinier, se cueillir un bouquet de
violettes, expérimenta, à ses dépens, le danger
qu'il y avait à affronter le houx. De ses dards
aigus comme d'une griffe de chat, il coupa
d'une longue écharde rouge la main de la
mignonne désobéissante qui, de colère, ramassa

un bâton et s'apprêtait à en frapper le coupable, quand M. Damien, intervenant, lui dit :

— Le coupable, ce n'est pas lui, c'est toi. Tu as voulu dérober des violettes qu'il t'était défendu de cueillir, et il t'a infligé la juste pu-

nition de ta désobéissance. Ha! ne vois-tu pas qu'il est le gendarme donné par la nature à ces humbles violettes pour les protéger contre le pillage des petits maraudeurs comme toi? C'est lui qui les garde et leur permet d'embaumer le coin du parc où elles poussent. Sans lui, toi et tes frères, nous-mêmes peut-être aussi, nous

les eussions cueillies depuis longtemps, et pour
un court temps de parfum et de vie qu'elles
auraient eu dans un verre, sur le bord de la
cheminée, nous eussions perdu le plaisir de les
voir croître en touffes et de les sentir de loin
parfumer le sentier.

M. Damien aurait pu ajouter que les fines
senteurs qui sortaient du parterre, étaient les
actions de grâces que les chères fleurettes
adressaient au houx; elles s'élevaient, ces senteurs, pareilles à de l'encens, à travers les
branches piquantes qui, croyez-le bien, n'é-
taient pas fâchées du tout de cet humble hom-
mage.

Le houx, cependant, ne laissait rien paraître
de ses sentiments. Comme il s'était montré
fermé à l'insulte, il se montrait fermé à la reconnaissance. Peut-être affectait-il l'insensibilité par
crainte de sembler ridicule, pareil à ces vieux
militaires qui ne savent parler sans grossir leur
voix et qui ont toujours l'air de vouloir trouer
la lune de la pointe de leurs moustaches.

Rebiffé et un peu hargneux, il vivait soli-
taire, ne souffrant pas que quelqu'un l'appro-
chât, et ricanant à part lui quand un être vivant se frottait à ses bouts aigus. Oh! ce

ricanement était visible; les dahlias, qui étaient
plus loin, l'avaient parfaitement aperçu et s'en
indignaient avec les tuyas, ennemis déclarés du
houx; un saule aussi, qui balayait le chemin de
sa chevelure, l'avait remarqué, et d'un ton do-
lent déplorait tant d'endurcissement. Ah! que
ne mutilait-on d'un coup de bêche ses racines?
Il méritait qu'on l'anéantît comme un vulgaire
chardon! Et vraiment, le jardinier était bien sot
de le tolérer, cet insolent qui ne semblait sur la
terre que pour faire le mal!

La neige tomba; une draperie blanche couvrit
le petit parterre, comme une tente sous laquelle
dormaient les violettes; aussi indifférent au dur
hiver qu'il l'avait été au chaud printemps, l'ar-
buste, toujours vert au milieu de la désolation
universelle, regardait s'épaissir sous les flocons
la molle couche qui abritait ses petites amies.
Autour de lui les arbres sans feuilles dressaient
leurs silhouettes pareilles à des solives et de
leurs bras dépouillés frappant l'air en signe de
deuil, s'unissaient dans un concert d'impré-
cations. Ils étaient furieux d'être si nus et
de grelotter dans la bise, comme des mendiants,
alors que lui, le houx, effrontément, arborait son
indestructible verdure.

Et ils disaient :

— Voilà bien l'égoïste! Tandis que tout souf-
fre, languit, agonise à ses pieds, il échappe à la
douleur; et la mort qui frappe à coups redoublés
les êtres sensibles s'arrête, indécise, devant cette
impassibilité, comme si, elle aussi, craignait de
ne pouvoir l'entamer. Mais va! quelque jour ton
tour arrivera, houx présomptueux! La foudre
saura bien te disperser en éclats!

Le houx, pendant ce temps, songeait à sa
destinée mélancolique. Tout au fond de lui, au
plus profond, s'éveillait une tristesse de n'être
point comme les autres et de ne pouvoir mou-
rir pour renaître ensuite.

Ah! c'est un fardeau de porter une jeunesse
qui ne vieillit pas et des feuilles que rien ne peut
empêcher de rester vertes, malgré la pluie, la
neige et la bise glacée. Il le sentait bien en ce
moment, le houx qui faisait l'envie et la colère
de tout le jardin, et devenu faible, presque ployant
sous le faix de son renom d'insensibilité, il regretta de ne pas s'appeler du nom du saule et
de ne pouvoir pleurer comme lui.

Sa fonction était de monter la garde au bord
des chemins et de paraître tout noir sous l'éclat
du ciel. Consciencieusement, il avait pris l'air

rébarbatif des gens très mauvais et fait son métier de bourru bienfaisant pour laisser croître
et fleurir en paix les petites violettes. Mais à
présent que la neige les gardait mieux qu'il ne
les aurait gardées lui-même, ne pouvait-il pas
se laisser un peu aller comme les autres à la
bonté que la nature avait mise sous sa triple cui-
rasse et pour un instant cesser d'être le houx
qui répand au loin la terreur?

La nuit était tombée, couvrant d'un peu plus
d'ombre ce pauvre songeur attendri. Tandis que
s'allumaient au château les lampes rouges dans
le nocturne brouillard, il rêva que des bougies
roses s'enflammaient au bout de ses branches
garnies de joujoux, de boîtes de dragées, de
cornets de bonbons, de dentelles, de bijoux et
de fleurs en papier doré, que des petits enfants
l'entouraient en frappant leurs mains l'une dans
l'autre, épanouis, riants, éperdus, ayant dans
l'œil une clarté plus vive que celle des bougies;
et toute cette gaîté l'emplissait petit à petit, for-
mait en lui quelque chose qui grandissait, grandissait, et finissait par être un cœur sous la forme
d'une énorme rose.

Enfants, chaque chose est bien où elle est et
quelle qu'elle soit, étoile au ciel ou houx sur la

terre. C'est la morale de ce petit récit et s'il
fallait y ajouter autre chose, ce serait qu'il ne
faut point trop juger les hommes sur leur mine :
tel est hérissé comme un houx qui, par néces-
sité ou timidité, cache en lui des sources de
pure tendresse.

ROSE ET COLAS

.

ROSE ET COLAS

I

Il y avait près de quinze jours que les deux boîtes voisinaient à l'étalage de Moustachol le marchand. Rien qu'à les voir, les enfants qui, chaque après-midi, après la classe, s'arrêtaient, leur calepin sur le dos et les mains dans les poches, devant les merveilles de la vitrine, se sentaient envahis par d'extraordinaires conjectures.

12

C'est qu'en effet, les deux boîtes, avec leurs
vives couleurs et leur petit monde de bêtes et
de gens, ne flattaient pas seulement les yeux,
mais éveillaient encore mille pensées dans l'esprit.

Tout d'abord, il semblait que Moustachol, en
les rapprochant l'une de l'autre, avait obéi au
désir de rendre sensible le contraste qui existait
entre chacune d'elles. D'une part, dans la plus
vaste des deux boîtes, régnait l'abondance la
plus large : c'était la visible image d'un train de
grande ferme, vous savez, de ces grandes fermes
où les vaches, les chevaux, les poules et les oies,
en meuglant, hennissant, caquetant et gloussant,
ont l'air de trompeter la richesse des maîtres.
Dans l'autre, au contraire, le bétail et la basse-
cour, moins abondants, faisaient naître la pensée d'une vie plus précaire, — en un combat
toujours recommencé de la terre avec l'homme.

Peut-être, après tout, Moustachol n'était-il
pour rien dans cette rencontre, mais seulement
l'artiste qui, plein de malice, s'était amusé à
montrer, en deux tableaux si différents de l'existence pastorale, l'inégalité des choses humai-
nes. Ou bien encore on pouvait supposer que
le hasard seul, en les mettant à côté l'un de

l'autre, s'était chargé de démontrer une fois
de plus que, chez les jouets comme chez les
hommes, quelques-uns possèdent tout, quand
les autres ont à peine le nécessaire pour vivre.
Cependant, à la longue, la balance se rétablit
souvent : à force de sagesse et d'économie, les
déshérités de la fortune parviennent à s'assurer
un peu du bien-être que les riches, dans leur
imprévoyance, ne savent pas toujours conserver.

Vous le verrez bien par cette histoire.

II

Il y avait, à la vérité, une différence radicale
entre les deux boîtes : l'une et l'autre tenaient
le milieu entre la bergerie et la métairie; au
besoin même, on aurait pu les considérer comme
un habile mélange des éléments qui, généralement, composent le parc à mouton, à savoir le
berger et la bergère porteurs de houlette, les
petits bedos enrubanés d'une faveur au cou, les
barrières rouges ou jaunes entre lesquelles les
bêtes sont parquées — et la ferme proprement
dite, reconnaissable à son corps de logis percé

de nombreuses fenêtres, à ses troupeaux de vaches, de porcs et de chèvres, enfin à ses trois
ou quatre bâtiments complémentaires, étables
et écuries.

Mais, tandis que la plus grande des deux boîtes
montrait à profusion toutes ces choses réunies,
l'autre n'en offrait qu'un choix singulièrement
réduit. En outre, les animaux de la grande boîte,
fabriqués en carton-pâte, avec de belles robes
luisantes de toutes les couleurs, ne laissaient
pas de doute sur l'excellence de la pâture qu'ils
broutaient; les animaux de la petite boîte, au
contraire, simplement taillés dans le bois, étaient
peints à peu près uniformément en rouge, en
blanc, en jaune et en noir, ce qui donnait à penser qu'ils étaient moins bien nourris. Et, en effet,
ceux-ci erraient dans de maigres pâturages, entre des files d'arbres qui répandaient une ombre
pauvre, alors que ceux-là, librement, se jouaient
à travers de magnifiques gazons de mousse, sous
la verdure épaisse d'un bouquet d'arbres aux
feuillages frisés comme la toison des caniches.

Enfin, l'inégalité des conditions se faisait sentir à la mine des personnages, grasse et rubi-
conde dans la riche métairie, terreuse et mélancolique dans la métairie pauvre. Et, pour tout

dire, l'une se vendait quinze francs, l'autre en coûtait cinq seulement.

III

Dans les deux fermes, d'ailleurs, la famille se composait d'un égal nombre de personnes : le fermier, la fermière et leurs enfants. Bien entendu, il y avait aussi des domestiques, bergers et bergères, vachères et vachers; mais il n'était pas permis de se méprendre sur leur rang, à cause de leurs vêtements, bien plus simples que chez leurs maîtres. Puis ceux-ci avaient, par surcroit, dans le visage et le maintien, une assurance qui montrait tout de suite à qui on avait affaire : ils marchaient la tête haute, regardant partout autour d'eux avec l'air du commandement; et pour indiquer leur supériorité, l'adroit ouvrier aussi les avait faits d'une taille plus élevée. Quant à dire l'âge des deux couples, rien n'était moins commode; à en juger par la pousse vigoureuse de leurs enfants, toutefois, il y avait beau temps qu'ils s'étaient unis devant M. le maire. Rose, la fille de la grande métairie, pa-

raissait avoir quinze printemps; Colas, le fils de
la petite, en comptait bien vingt, pour le moins.
Et ils étaient l'un et l'autre si bien pris de leur
personne, elle blonde et couleur d'aurore, lui
hâlé de peau et noir de cheveux, que les poupées avaient déclaré d'une seule voix que leurs
parents auraient dû les marier ensemble. Or, les
poupées ont toujours passé, non sans raison,
pour fort expérimentées sur ce chapitre; leur
unique préoccupation consiste à regarder dans
la vie du prochain, quelquefois pour en dire du
bien, mais le plus souvent pour en médire; et
comme elles ont les yeux d'un émail très bril-
lant, tout vient s'y réfléchir ainsi que dans des
miroirs.

Hélas! peut-être Rose et Colas n'auraient-ils
pas dit non, si on leur avait offert de se mettre
en ménage; dès les premiers moments qu'ils
s'étaient vus, ils avaient ressenti un penchant
l'un pour l'autre; plus d'une fois, depuis, l'idée
leur était venue qu'ils auraient voulu être frère
et sœur, pour se voir à toute heure du jour.
Et telle était leur simplesse qu'ils ne songeaient
pas que la disproportion des fortunes pourrait
jamais les empêcher de s'aimer. Mais leurs parents ne pensaient pas comme eux, et si Gros-

claude, le père de Rose, n'avait qu'une considération très réservée pour Merluchet, le père
de Colas, le jugeant indigne de frayer avec un
homme aussi considérable que lui, Merluchet
ne pouvait se défendre d'un sentiment d'envie
à l'égard de ce voisin si abondamment favorisé
par la fortune.

IV

Eux, les Merluchet, au contraire, n'arrivaient
à joindre les deux bouts qu'en peinant du matin au soir. Dès que le coucou de l'horloge sonnait pour les jouets l'heure du réveil, le père
se mettait à l'ouvrage. C'était une créature ren-
frognée et dure, gauchement découpée dans un
coteret; une grande barbe blanche lui descendait sur la poitrine, et il portait, hiver comme
été, un sayon rouge qui dessinait les trous de
sa charpente osseuse. Un polichinelle, méchant
comme le sont toujours les polichinelles, et dont
les bosses renfermaient plus de malice encore que
de son, avait beaucoup amusé la frivole compagnie des poupées en affirmant qu'il avait l'air
d'un vieux loup.

Ces demoiselles, alors, s'étaient mises à rire à l'unisson, trouvant le propos si drôle qu'elles l'avaient longuement répété entre elles, dans le silence du magasin; et tout au loin, derrière un moulin à vent ruiné et qui passait pour être hanté par l'esprit d'un diable, disparu de sa boîte à surprise on ne sait comment, une voix

avait fait : « Loup hou! hou! » ce qui avait répandu la terreur parmi toutes ces têtes folles.

Si les poupées avaient été plus sages, elles se seraient dit que l'âpre labeur de l'homme de la terre déforme le corps avant le temps et donne au visage un peu de la rudesse farouche des bêtes vivant au fond des bois. Le paysan qui, sous le soleil à plomb, les averses et les neiges, tourne et retourne son champ, afin d'en

faire fructifier les entrailles souvent rebelles,
accomplit une tâche sacrée, puisque de la réus-
site de ses efforts dépend l'alimentation de ces
mêmes citadins toujours disposés à se railler de
sa lourdeur et de sa grossièreté, inévitable ré-
sultat de sa condition misérable. Mais qu'attendre de petites évaporées dont la cervelle à l'évent
ne s'émeut que de chiffons? Aussi méconnais-
saient-elles la vaillance et la bonté qui se ca-
chaient sous l'âpre écorce du vieux Merluchet.

Lui, cependant, tout au gouvernement de sa
métairie, n'avait souci que de surveiller ses
domestiques, rentrer ses regains, remiser sa
moisson, fendre à coups de bêche la terre pier-
reuse. Alors que les arlequins, les pantins, les
polichinelles et les poupées dormaient encore
à poings fermés, le berger, un pitaud fort réussi,
à face de pleine lune, déjà menait paître ses
ouailles entre les barrières; la vachère, de son
côté, sortait ses vaches de l'étable, moins une
qui s'obstinait à rester couchée; et par les cours
se répandait l'odeur du café que la mère Merluchet était en train de moudre dans sa cuisine, sans que, toutefois, personne lui eût jamais vu un moulin entre les genoux.

A cette heure, les militaires seuls, les fantas-

sins de bois et les cavaliers de plomb étaient
éveillés dans le magasin; un lapin blanc, placé
tout contre les volets et qui voyait se lever
l'aurore avant les autres jouets, était chargé de
battre pour eux la diane sur son tambour; et
rien n'était comique comme la gravité avec
laquelle il faisait aller ses baguettes, dans un
roulement qui ne prenait fin qu'après que toute
la caserne était sur pied. Naturellement, Colas
n'était pas le dernier à se mettre à l'ouvrage
dans la ferme; mais, depuis quelque temps, la
pensée de la jolie Rose le rendait un peu non-
chalant; et quelquefois, d'un mot bref, Merluchet le père, était obligé de le tirer de ses rê-
veries.

A ce moment matinal, un profond silence
pesait encore sur la métairie des Grosclaude.
Rien n'y bougeait, ni le chien de garde ronflant
dans sa niche, ni les vaches paressant sur leur
litière, ni les domestiques toujours disposés à
se modeler sur leurs maîtres. Or, les maîtres,
dans cette ferme plantureuse, avaient pris la
douce habitude de laisser aller les choses du
train qu'elles voulaient; ils pensaient qu'avec
de l'argent, point n'est besoin de prendre de la
peine et de se rompre l'échine à besogner comme

de simples manants. Bon pour les Merluchet
de se lever dès avant l'aube, de songer sans
cesse au lendemain et d'accumuler par un tra-
vail constant le blé et le seigle dans la grange,
de crainte de la famine.

Chez eux, le pain abondait toujours dans la
huche, les celliers étaient toujours garnis, et
qu'il plût, qu'il ventât, qu'il tombât de la grêle
ou des rayons de soleil, leur escarcelle large-
ment pourvue les garantissait contre la mauvaise fortune. Du moins, ils le croyaient; mais
une pareille imprévoyance court le risque d'a-
cheminer les gens à leur ruine; et comme on
le verra tout à l'heure, les Grosclaude eurent
lieu de s'en repentir un jour.

V

La belle mine de la maison était bien faite,
à la vérité, pour leur tourner la tête. Vainement
en auriez-vous cherché une plus jolie, plus sé-
duisante pour l'œil, et mieux aménagée. Il
n'est personne qui, après l'avoir considérée un
instant, n'eût souhaité y passer ses jours, tant

elle offrait l'image des choses vraiment dési-
rables. Tandis que l'habitation des Merluchet,
lourde, monotone, peinte en jaune, avec un
grand toit couleur sang de bœuf, se composait
d'un unique bâtiment dont l'architecte avait
même oublié de percer les fenêtres, la demeure
des Grosclaude avait la forme d'un mignon chalet suisse, sous une ample toiture de chaume
tressé que les mousses, par places, verdissaient.
Un balcon en bois, découpé à jour, s'étendait
sur toute la longueur de l'étage, abritant contre
la pluie et le soleil le rez-de-chaussée où les
portes grandes ouvertes laissaient apercevoir les
cuisines.

Partout, les fenêtres étaient garnies de contrevents verts qui permettaient de mesurer l'air et
la lumière dans les chambres, car les Grosclaude n'aimaient pas être dérangés dans leur
sommeil par une clarté trop brutale. Et une
rampe d'escalier, qui partait du pied de la maison, conduisait au balcon, d'où la vue se pro-
longeait, magnifique, sur les prés fleuris et la
ligne d'arbres frisés qui les clôturaient, à l'ex-
trémité de l'exploitation.

A la gauche du chalet, au haut d'une butte
revêtue d'un manteau de verdure, il y avait, en

outre, un délicieux petit pavillon percé de
hautes fenêtres; on y arrivait par des degrés
pratiqués dans la butte; et les murs extérieurs
étaient tout tapissés de lierre. Peut-être était-
ce du chèvrefeuille; l'artiste avait volontaire-
ment laissé subsister sur ce point un peu de con-
fusion; mais lierre ou chèvrefeuille, le charme
n'en était pas moins grand de penser qu'on
pouvait goûter en ce frais réduit, par les midis
brûlants de la canicule, les bénignes langueurs
d'une sieste à l'ombre.

J'allais oublier de vous dire que le chalet et
le pavillon s'épaulaient contre une paroi de
montagne, un grand bloc qui imitait à la per-
fection, vu d'un peu loin, les bosses mous-
sues des rochers naturels. Même du vrai lichen
avait été mêlé au plâtre, pour donner mieux
l'illusion de la réalité. Et certes, cette juxtapo-
sition de la maison contre le roc avait bien son
importance, puisque celui-ci la défendait contre
les vents qui soufflaient chaque fois qu'un client
ouvrait la porte de la boutique. On comprend
donc qu'au sein d'un pareil bien-être, ayant
sous la main tout ce qui peut faire paraître le
bonheur éternel, les Grosclaude se tinssent pour
assurés contre les vicissitudes de la fortune.

VI

Quand enfin le fermier Grosclaude et sa
femme s'arrachaient aux douceurs du sommeil,

la grosse boule de métal pen-
due à l'étalage et qui, chez Moustachol, servait de soleil, s'allumait déjà de vives clartés.
Enfin, Grosclaude descendait :
on le voyait passer à travers la
cour, gras et gros comme un
fromage, avec son petit ventre
bedonnant, ses mollets enfermés
dans de hauts bas bleus (car il
portait la culotte courte comme
les habitants de la Forêt-Noire
de laquelle il était originaire,
lui et les siens), son bonnet de loutre sur les
oreilles et sa bonne face réjouie où le nez, légèrement rougi par l'abus des repas copieux, ressemblait à une truffe.

La joie de vivre se dégageait de toute sa cor-
pulente et ragote personne; on sentait qu'il
n'était pas homme à se faire de la bile pour

les misères qui, même dans le bonheur, tour-
mentent encore les esprits inquiets. Jamais, du
reste, on ne l'apercevait sans sa longue pipe
recourbée; elle semblait vissée à sa bouche; et
la main dans laquelle reposait le fourreau avait
l'air d'en caresser les contours. Grosclaude, en
un mot, était le rire fait chair; il riait en se levant, il riait en fumant, il riait en se couchant;
et ce rire s'entendait à travers la maison, comme
la musique de sa bonne humeur naturelle.

Madame Grosclaude, elle, partageait cette ten-
dance à une gaîté invariable; grasse comme son
mari, en jupe rouge et corsage vert,
elle avait ce qu'on appelle un physi-
que agréable, aimait par-dessus tout
ses aises et pour rien au monde n'eût
mis la main aux besognes du ménage.

Quant à Rose, c'était une ravissante jeune fille, d'un caractère un
peu rêveur et dont les yeux, de
grands yeux idéalement bleus, qui
s'harmonisaient avec ses pâles tres-
ses blondes, paraissaient constamment suivre
dans l'air le vol d'une idée, à moins toutefois
qu'ils ne fussent tournés du côté de la ferme aux.

Merluchet : on savait bien alors que c'était le
grand Colas que ces beaux yeux cherchaient.
Rose, elle l'était tout à la fois par l'éclat fleuri
de son teint et par son charme qui lui donnait
l'apparence d'une rose; elle l'était en outre par
la couleur d'un petit caraco qui tombait sur une
jupe bleue, frangée vers le bas d'une bande
rouge. Ainsi faite, un Prince Charmant l'eût
menée dans son palais tendu d'or et de velours
pour en être la reine.

Malheureusement, il n'y avait pas de prince
charmant dans le magasin : Moustachol avait
négligé de se pourvoir, cette année-là, d'un ar-
ticle qui, au prix où vont aujourd'hui les princes
charmants, eût peut-être été difficile à placer.
Ceux qu'il possédait étaient simplement impri-
més sur papier et servaient à l'illustration des
contes de fées, dans un rayon à part, le rayon
des albums et des livres à images.

VII

En revanche, non loin de la ferme des Grosclaude, régnait, sur un petit territoire duquel

les géographies ne font pas mention, un terrible seigneur. Toujours on l'apercevait chas-
sant la biche et le cerf, monté sur un cheval
noir dont le galop furieux ébranlait les arbres
de la forêt. Cette forêt, qui se composait d'au
moins dix arbres feuillagés en boucles de co-
peau, sans qu'on pût dire à quelles essences ils
appartenaient, faisait, avec le pavillon de chasse,
les trois veneurs et une meute de quatre chiens,
le principal ornement de la boîte où commandait en maître le redoutable chasseur. Il portait un justaucorps rouge, mais rouge comme
du sang, avait de grandes bottes qui lui montaient presque jusqu'à la taille, et d'une main
tenait une dague, tandis que de l'autre il ma-
niait les brides de son coursier.

D'où venait-il? Comment se nommait-il? Personne ne le savait; mais aussitôt qu'il avait
paru à l'étalage, il avait terriblement occupé
l'attention des ambitieuses poupées, toutes af-
folées de titres et de grandeurs. Les unes prétendaient que son éternelle chevauchée par
monts et par vaux avait bien moins en vue la
biche et le cerf qu'une certaine beauté dont il
était épris; et naturellement celles-là se croyaient
toutes cette beauté fameuse.

Aussi, passaient-elles le temps à lancer du côté du farouche chasseur des œillades qui eussent apprivoisé un lion; en même temps, elles poussaient des soupirs à fendre l'âme et celles qui disaient papa-maman, par moments s'oubliaient à parler tout haut, pour mieux attirer son attention.

Mais l'homme rouge ne daignait pas même tourner la tête; sans trêve il galopait à travers la forêt, suivi de sa meute et de ses veneurs; jamais il ne quittait la selle; et, avec ses longues moustaches, ses noirs sourcils froncés et ses yeux plus ténébreux que l'enfer, il avait plutôt l'air d'un démon que d'un homme.

A la fin remplies de dépit pour ce malappris qui répondait si peu à leurs avances, les poupées inventèrent une histoire : sûrement, le chasseur rouge était Barbe-Bleue; mais il avait coupé sa barbe pour n'être pas reconnu; et, à présent, la colère du ciel l'obligeait, en punition du meurtre de ses sept femmes, à toujours chevaucher, de l'aube à la nuit et de la nuit à l'aube, sans une seconde de répit, par la sombre forêt pleine de bêtes fauves.

VIII

Or, il arriva qu'un matin Moustachol, en rangeant son étalage, laissa tomber hors de la

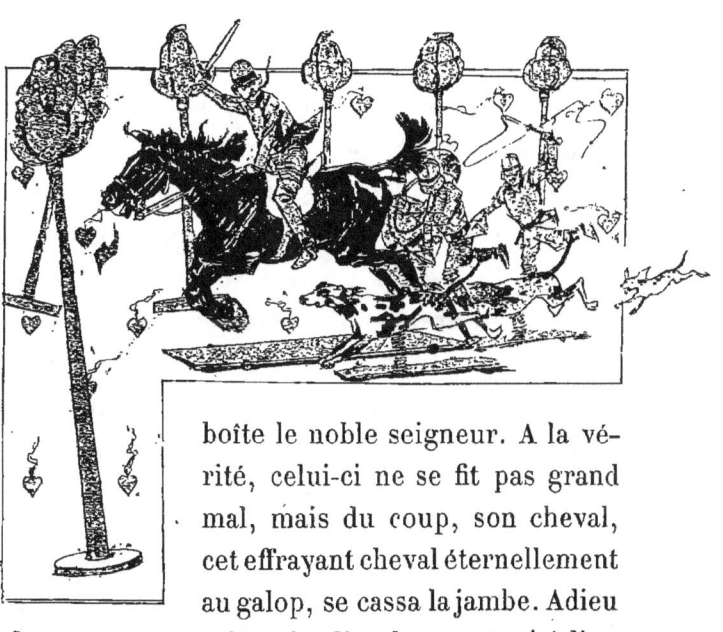

boîte le noble seigneur. A la vérité, celui-ci ne se fit pas grand mal, mais du coup, son cheval, cet effrayant cheval éternellement au galop, se cassa la jambe. Adieu chasse, veneurs, forêt! Adieu les meutes! Adieu les grandeurs! En perdant son coursier, Barbarou (c'était le nom que les polichinelles lui avaient donné, par une vague analogie avec celui de la Barbe-Bleue), perdait tous ses avantages. Il cessa

de commander à son petit royaume ; il cessa d'être
la terreur des hôtes des forêts ; il ne fut plus
qu'un pauvre chevalier errant, un chevalier de
la Triste-Figure, dont le piètre équipage amusait
à présent la verve goguenarde de ces sacripants
de polichinelles, d'instinct portés à se gausser
du malheur d'autrui.

Le hasard voulut qu'il tombât justement dans
la ferme des Grosclaude. Plus d'une fois, dans
l'ardeur de la chasse, il avait passé devant le
joli chalet, mais sans ressentir autre chose qu'un
dédain de grand seigneur pour un domaine de
manant. Un de ses veneurs, homme artificieux
et rusé, lui avait même persuadé que la métairie lui appartenait, en vertu d'un droit lointain
dont avaient joui ses ancêtres. N'eût-il eu aucun
titre à se l'approprier, qu'encore il eût suffi
qu'elle gênât sa chasse et bornât sa forêt. Ainsi
raisonnait le perfide conseiller, et peut-être un
matin Barbarou se fût rué en maître, avec ses
chiens et sa suite, sur la maison des Grosclaude,
si un funeste accident ne lui avait enlevé d'un
coup et son rang et son cheval.

Alors l'homme rouge conçut un plan. Il avait
remarqué la jolie Rose au moment où elle mon-
tait au petit pavillon de la butte afin de mieux

voir son cher Colas. D'autre part, il connaissait
le renom de richesse qui s'attachait aux Grosclaude dans la contrée. Eh bien! il demanderait
la main de Rose, avec l'appoint d'une grosse
dot. Celle-ci lui permettrait de remonter son
train de maison; il tâcherait de reconquérir
son royaume perdu en levant une armée, et
s'il n'y pouvait parvenir, tout au moins serait-il
en mesure d'acquérir un royaume nouveau.
Quant à l'innocence de Rose, à sa grâce, à sa
beauté, à peine le dur Barbarou y pensait-il :
elle n'était pour lui qu'un prétexte à remonter
ses affaires. Une fois redevenu puissant, peut-
être même la renverrait-il à ses parents, ou bien il
l'abandonnerait au fond d'un vieux château, dans
quelque forêt lointaine. A la vérité, on fût allé
loin avant de rencontrer pareil cœur de pierre.

Ni Rose ni Colas ne se doutaient de l'orage
qui planait sur leurs têtes. Le bonheur qu'ils
goûtaient dans les rares moments où ils pouvaient s'envoyer de petits bonjours d'une métairie à l'autre, était si grand qu'ils ne songeaient
point à autre chose. Et ils espéraient bien que
rien au monde ne le leur enlèverait. Ils comp-
taient sans la méchanceté du chasseur rouge
et sans la vanité du père Grosclaude.

IX

Un jour, comme ce dernier se promenait, son éternelle pipe à la bouche, avec son air de bon vivant qui ne peut admettre qu'il y ait au monde des gens malheureux, il s'entendit tout à coup interpeller par une voix si puissante qu'il crut un instant que le tonnerre était tombé à ses pieds. Il tourna aussitôt la tête du côté d'où cette voix était partie et ses yeux aperçurent, derrière les bâtiments de la bergerie, le redoutable gentilhomme échoué, les pieds pris dans les étriers, sous le corps de son grand cheval noir.

— Or çà, brave homme, tirez-moi de ce pas ! disait le seigneur. Et bien qu'il s'efforçât de parler avec douceur, cette parole avait encore la brusquerie d'un commandement. Grosclaude eût pu se venger des dédains de son orgueilleux voisin en lui refusant son aide et en le laissant se dépêtrer comme il l'entendrait ; mais c'eût été mal connaître cet homme toujours joyeux que de lui attribuer même l'ombre d'une mauvaise pensée.

Certes, comme la plupart de ses pareils, gâtés par une suite trop constante de bonheurs, il ne manquait pas d'un certain fond d'égoïsme : seulement cet égoïsme n'allait pas jusqu'à le rendre insensible à l'infortune, quand par hasard il s'en rencontrait sur sa route. D'ailleurs, il ne lui

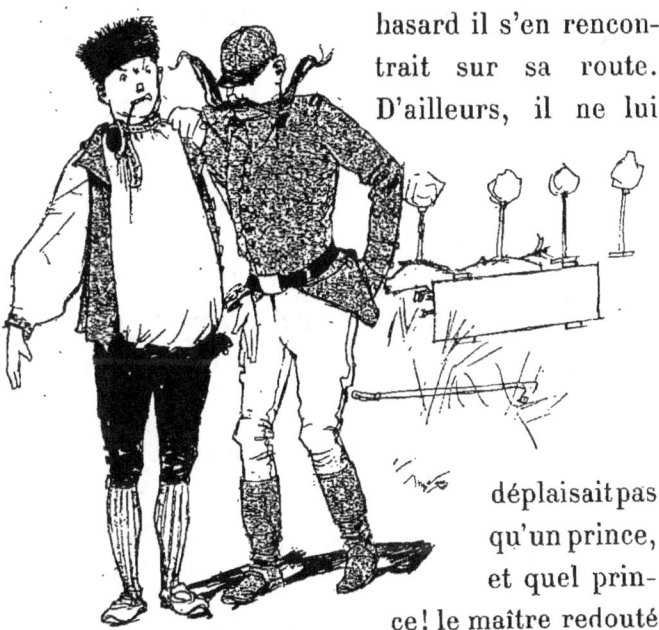

déplaisait pas qu'un prince, et quel prince! le maître redouté de ces meutes que plus d'une fois, de son balcon, il avait vues s'engouffrer comme une tempête dans la forêt, eût besoin de ses services, à lui, simple métayer.

— M'avez-vous entendu? reprit le chasseur, d'une voix qui à la fin perdait patience et manqua rendre sourd le père de la jolie Rose.

Tout riche qu'il était, Grosclaude comprit qu'il était bien peu de chose à côté d'un homme qui avait le droit de parler avec une telle autorité.

— Tout de suite, Monseigneur, on y va! bégaya-t-il en perdant pour un instant cette jovialité qui ne le quittait jamais.

Et il se mit à courir vers l'endroit où gisait Barbarou aussi vite que le lui permettaient ses courtes jambes, encore alourdies par le poids de son gros ventre.

— Écoute, lui dit le chasseur en le tutoyant, cette fois, pour lui marquer de l'amitié, je suis venu à toi, moi le seigneur de toute la contrée que tu aperçois là-bas, aussi loin que peuvent aller tes regards, pour te demander ta fille en mariage. Accepte, et ta fille sera princesse comme je suis prince. Refuse, et je te jure une guerre à mort.

Certes, si la pipe n'avait pas été solidement fixée à sa bouche, Grosclaude l'eût laissée choir à ses pieds. Une pareille proposition, faite en de pareils termes, tout à la fois chatouillait son amour-propre et le remplissait de terreur. D'abord, il resta sans répondre; les idées tourbillonnaient dans sa petite tête, grosse en tout

comme un des pois avec lesquels les artilleurs
tiraient à boulets rouges, les jours de manœuvre; et il aurait bien voulu, avant de se
prononcer, consulter sa femme qui, par malheur, s'était endormie debout et conséquem-
ment ne pouvait se douter du terrible embarras
où il se trouvait à cette heure.

Brusquement, la voix de l'homme rouge
éclata de nouveau :

— Comment! maroufle! tu hésites? Ignores-
tu que, si je le voulais, je n'aurais qu'à dire un
mot pour que ta ferme soit à moi, après avoir
été à mes ancêtres?

Alors Grosclaude, terrifié, se décida à répondre :

— Monseigneur, c'est bien de l'honneur pour
nous. Il en sera fait selon votre bon plaisir!

Et comme la nature l'avait fait d'une extraordinaire égalité de caractère en lui mettant un
perpétuel rire dans ses joues grasses et rubi-
condes, tout de suite sa bonne humeur reparut.

— Ma foi, s'exclama-t-il, j'aime mieux ça.
J'ai toujours vécu en paix avec mes voisins, et
il m'en cuirait trop de vous avoir pour ennemi.

— C'est bien parler, fit le seigneur. Et maintenant, causons affaires. Je te laisse ta ferme,

15

tes poules, tes vaches, tes moutons et tout, à la condition que ta fille m'apporte en dot trois fois son pesant d'or.

— Bah! répliqua Grosclaude, il m'en restera toujours encore assez pour vivre.

X

Barbarou regretta de n'en avoir pas demandé davantage; mais comme il voulait se montrer bon prince, il daigna ne point insister; et la noce fut fixée à huit jours de là, c'est-à-dire à la veille de Noël qui, comme on sait, est, pour les jouets, avec le jour de l'an et la Saint-Nicolas, le plus grand jour de l'année.

D'ailleurs, pour les préparatifs d'un tel mariage, un pareil délai n'était point trop long; il fallait acheter le trousseau, inviter les amis, préparer le festin; et Grosclaude rêvait d'en donner un si magnifique qu'il demeurât à jamais dans la mémoire des convives. Il immolerait un bœuf, trois moutons, toutes les oies de la basse-cour; de plus, deux des arbres de la prairie flamberaient dans l'âtre; et on mangerait dans de la vaisselle d'argent, la vaisselle d'un service qui faisait la joie des petites filles quand elles pénétraient avec leurs mamans chez Moustachol.

Maintenant qu'il avait pris une décision,

Grosclaude sentait son importance grandir à l'idée de la considération qui rejaillirait sur sa femme et lui, une fois que leur fille serait princesse. Jamais semblable rêve ne lui eût paru réalisable, et Dieu sait pourtant si, dans sa va-

nité d'homme riche, il s'était laissé aller à des
projets ambitieux. Mais rien n'était plus vrai!
c'était bien un grand seigneur qu'il allait avoir
pour gendre; il allait s'allier à Barbarou; lui
aussi à son tour allait enfin pouvoir trancher du
gentilhomme. Mme Grosclaude accueillit la nou-
velle avec toute la joie dont son indolence était
capable; le regret de se séparer de sa chère
Rose la tourmenta bien un peu, mais bientôt
céda devant la fierté que sa fille eût été recher-
chée par un homme aussi considérable que Barbarou. Ni l'un ni l'autre n'avaient prévu que
Rose pouvait penser autrement qu'eux dans
une affaire où elle était plus directement inté-
ressée que personne.

Aussitôt que son père lui eût fait connaître
sa volonté, les larmes lui coulèrent des yeux
en si grande abondance qu'elles effacèrent en
un instant l'incarnat de ses joues. Quoi! il lui
faudrait quitter la maison, renoncer à voir par-
dessus la haie son grand ami, aller s'enfermer
dans un morne château avec cet affreux chasseur rouge qui lui causait tant de peur chaque
fois qu'il passait avec ses chiens et ses veneurs!

Cependant, comme elle aimait ses parents et
leur avait toujours obéi, elle finit par accepter

son sort avec résignation; mais plus rien ne
put lui rendre ses belles couleurs et, toute
pâle, elle attendit l'arrivée du triste jour..

XI

Le bruit du mariage s'était rapidement répandu dans les alentours. Un trompette des
hussards, qui, du haut de son cheval, clairon-
nait les nouvelles importantes, avait bien voulu,
cette fois encore, jouer le rôle de la Renommée
laquelle, comme nul de vous ne l'ignore, fut de
temps immémorial représentée embouchant un
porte-voix.

Ce fut pour les bavardes poupées l'occasion
d'innombrables gorges chaudes; maintenant que
Barbarou leur échappait décidément, elles l'ac-
cablaient de leurs sarcasmes; à les entendre,
jamais elles n'auraient condescendu à prendre
un mari aussi laid, aussi grossier, aussi méchant
et qui sûrement devait faire de ses femmes de
la chair à pâté. Elles plaignaient fort aussi la
pauvre Rose, indignement sacrifiée par ses parents aux appétits de l'ogre : le moins qu'il pou-

vait lui arriver, était d'être précipitée au fond
d'un puits ou livrée en pâture à la meute des
chiens dévorants qui accompagnaient partout
Barbarou. Même, à force de parler de ces
fameux chiens, elles arrivèrent à se persuader
que leur maître ne les nourrissait pas autrement que de chair humaine ; mais, comme celle-
ci manquait quelquefois, il leur faisait manger
alors ses propres femmes.

Naturellement Colas un des premiers avait
été averti par la rumeur publique. Son chagrin
fut si profond qu'il pensa à s'enrôler parmi un
corps d'infanterie qui justement se mettait en
marche pour aller combattre les Arabes, de grands
Arabes à têtes de singes et revêtus de longs
burnous flottants et qui, depuis quelque temps,
pillaient les boutiques d'épicerie et les mino-
teries des environs. Il pria même un charretier
qui cheminait avec son attelage du côté de la
caserne, de porter sa requête au chef du ba-
taillon. Or il se trouva que la troupe était au
complet et qu'il n'était plus possible d'y accepter personne. Alors il eut la pensée d'aller s'of-
frir vivant à un crocodile articulé qui, au
moindre mouvement, remuait la tête et la croupe,
ses formidables mâchoires toujours ouvertes et

prêtes à broyer quiconque s'en approcherait.

La vue de la jolie Rose tout à coup apparue à l'une des fenêtres du petit observatoire bâti sur la butte, l'arracha à sa funeste résolution. Combien elle était changée ! Les couleurs aurorales qui lui avaient valu son nom, à présent faisaient place à une blancheur maladive et c'est à peine si ses yeux, lavés par d'incessants flots de larmes, gardaient encore quelque chose de leur primitif azur. Morne, découragée, elle montrait dans toute sa personne une telle affliction que Colas sentit l'impérieux besoin de la réconforter en affectant un courage qu'au fond il était loin d'avoir. Il eût volontiers fait en ce moment le sacrifice d'un de ses membres pour pouvoir échanger quelques mots avec elle ; mais ils étaient trop éloignés l'un de l'autre ; et en outre, un petit moulin s'étant mis à tourner, le vent de ses ailes eût emporté au large ses paroles.

En abaissant autour de lui les yeux, il aperçut une souris mécanique à laquelle Moustachol venait précisément de donner un tour de clef et qui allait si vite, si vite qu'en moins d'une heure, si on l'avait laissée

aller, elle eût fait sans aucun doute plusieurs fois
le tour du monde.

— Souris, ma mie, dis-moi, veux-tu te char-
ger d'un message pour la pauvre Rose qui
pleure et soupire là-bas? lui demanda Colas.

La souris répondit par un léger cri qu'il prit
pour une acceptation; et aussitôt il lui mit entre
les dents un petit papier avec lequel la bestiole
repartit toujours courant, dans la direction du
pavillon. La souris mit une extraordinaire diligence à s'acquitter de son office de messagère;
il parut même à Colas que, de loin, elle tournait vers lui la tête comme pour lui dire d'avoir
confiance; et la pensée lui vint que ce pouvait
être une fée qui, touchée de leur malheur,
s'était métamorphosée en ce petit animal.

Ce que Colas mandait à Rose tenait en moins
de deux lignes : il lui offrait d'aller combattre
l'homme rouge si, comme il le supposait, celle-
ci l'épousait contre son gré. Mais, pour rien au
monde, Rose la douce créature n'eût voulu
exposer les jours de son ami; et de loin, avec
une pantomime animée, elle lui fit comprendre
qu'elle préférait accepter sa destinée.

XII

Cependant, les Grosclaude activaient les ap-
prêts du grand jour : une grosse araignée qui
silencieusement filait sa toile dans un coin avait
été chargée par eux de tisser la robe de la ma-
riée, une robe de fil d'argent parsemée d'ailes
de mouches; c'était une habile ouvrière, plus
qu'aucune autre experte en son métier; et d'en
bas on pouvait la voir toute noire au milieu
de ses réseaux, déroulant ses bobines et lissant
ses tissus, clairs comme de la dentelle.

En outre, ils s'étaient entendus avec un cuisinier du voisinage, le maître d'une rotisserie
qui, debout près de ses fourneaux, en tablier
blanc et veste blanche, la barrette en tête, faisait le geste, toujous le même, d'inviter le monde
à goûter de sa cuisine.

. Enfin ils avaient obtenu d'une délicieuse pou-
pée, installée dans un petit salon, qu'elle arri-
verait au repas, et pour en rehausser la magni-
ficence, ferait venir par la diligence, une grande
diligence attelée de deux chevaux gris-pom-
melés qui servait aux transports là où ne circu-

lait pas encore le chemin de fer, les trois fauteuils, le canapé et la table en noyer poli dont se rehaussait son mobilier.

Rien ne paraissait trop beau ni trop coûteux aux Grosclaude pour célébrer dignement ce grand événement. Cinq fois déjà la chauve-souris d'étoupe qui, en dépliant ses ailes, épaisissait la nuit au-dessus de la métairie, avait ramené les ténèbres; et pourtant ils se désolaient de la lenteur du temps. Toute autre préoccupation oubliée, ils laissaient la ferme et le ménage aller leur train : les domestiques n'étant plus surveillés, maintenant négligeaient de rentrer le bétail; celui-ci des jours entiers errait à l'abandon; et un soir on s'aperçut que deux vaches, trois porcs et le paon avaient disparu, sans qu'on pût dire comment.

Au contraire, chez les Merluchet, l'ordre et l'économie régnaient plus sévèrement que jamais. Un peu plus cassé après les travaux de l'arrière-saison, le père redoublait de zèle et d'effort pour assurer aux siens la subsistance pendant l'hiver. Déjà les premières neiges étaient tombées; quand la porte de Moustachol s'ouvrait, des flocons tourbillonnaient jusque sur l'étalage; et les poupées, les polichinelles, tous les jolis jouets pour

qui la vie est une succession de plaisirs s'amu-
saient à les voir voltiger, comme la promesse
des joies qu'allaient amener pour eux Noël et
le jour des étrennes.

Mais lui, le sombre paysan, obligé de batail-
ler sans trêve contre les éléments, il eût plutôt
tenté de s'irriter de leur gaîté irréfléchie : il
savait par expérience combien l'hiver est inclé-
ment aux taupes, aux grillons, aux oiseaux, aux
campagnols, à tout ce qui, bêtes et gens, vit et
se nourrit de la terre; et il pensait à la famine
perpétuellement en suspens sur la tête du la-
boureur.

XIII

A ses autres inquiétudes s'ajoutait encore à
présent l'ennui de voir son fils dépérir. Colas,
en effet, n'était plus que le fantôme du beau
gars qu'il était autrefois; pendant des heures,
il demeurait muet, les yeux perdus devant lui,
ne mangeant plus et ne dormant plus, sans que
rien pût le tirer de sa peine.

A la fin sérieusement alarmé, son père fit
venir l'astrologue, un grand escogriffe au cha-

peau pointu, des bésicles sur le nez, une longue barbe blanche au menton, lequel passait pour lire dans les étoiles, conjurer les maléfices et guérir les maux des hommes. Cet étonnant personnage, que les uns appelaient nécromant et les autres sorcier ou médecin ou astrologue et qui, en réalité, était tout cela à la fois, portait une longue robe noire constellée d'étoiles et de demi-lunes, pareille au drap d'un catafalque. Il tenait en outre à la main une baguette qui lui servait à tracer des cercles en l'air et dont les malins prétendaient qu'il eût mieux fait de battre ses vêtements, tant ceux-ci étaient sales et poudreux.

Pretchipretcha, tel était le nom de ce grand docteur, s'en vint donc à la ferme un matin, commanda à Colas de tirer la langue, lui tâta le pouls et finalement déclara que le garçon était malade d'un mal singulier qui s'appelait le mal de l'homme rouge. Vous jugez de l'étonnement des pauvres parents qui s'entendaient peu à ce charabia. Mais Colas soupçonnant que le savant astrologue avait deviné son secret, s'écria qu'il avait raison et que c'était bien de ce mal-là qu'il dépérissait.

Alors Pretchipretcha alla au puits de la mai-

son, cracha trois fois dedans, et après avoir
regardé les ronds qui s'étaient dessinés sur
l'eau, déclara qu'avant trois fois vingt-quatre
heures, le malade serait guéri et qu'il n'y pa-
raîtrait plus.

Ces paroles rendirent le courage à Colas. Il
espéra que le ciel aurait pitié de son malheur
et il attendit avec patience les événements.

XIV

Un matin, comme il se dépêchait de quitter
la maison pour se rendre aux champs avec le
vieux Merluchet, son père, il entendit une
grande rumeur s'élever de la métairie des Grosclaude. D'abord ses yeux eurent quelque diffi-
culté à percer l'obscurité qui enveloppait encore
ce coin de la boutique; le coucou n'avait point
encore sonné la demie après six heures; il s'en
fallait d'une vingtaine de minutes pour que
Moustachol vînt ouvrir comme d'habitude les
volets.

Cependant, dans le petit jour blanchâtre qui
commençait à poindre, il finit par distinguer

une large mare d'eau, où, de moment en moment, s'enfonçait un peu plus la ferme de son riche voisin. Sans doute une des vitres, mal emboîtée dans son mastic ou peut-être fêlée, avait laissé passer la pluie qui maintenant succédait à la neige; et le flot descendait, menaçant de tout entraîner.

Déjà l'inondation gagnait le pied du chalet; les troupeaux, que les domestiques avaient négligé de rentrer, étaient emportés par le courant. Deux arbres avaient été renversés; les étables, la bergerie, tout s'immergeait.

Aussitôt Colas se précipita dans un des petits bateaux à vapeur que Moustachol avait tout nouvellement mis à la montre; mais, comme il en connaissait mal la manœuvre, il ne parvint pas à le mettre en mouvement.

D'ailleurs, le désastre avait pris des proportions telles qu'il n'était plus possible de rien sauver; et Colas se désespérait, tendait les bras vers la pauvre Rose qui, avec le père et la mère Grosclaude, heureusement était parvenue à gagner le pavillon en haut de la butte. Là, du moins, le danger était moins pressant; en se laissant couler le long du rocher, on pouvait leur venir en aide. Du moins Colas le suppo-

sait. Mais il avait compté sans les cataractes
d'eau qui toujours s'abattaient, plus effrayantes.

Tout à coup le chalet s'éboula comme une
miche de pain trempée, et quelques minutes
après la butte à son tour s'effondra, précipitant
toute la famille Grosclaude dans le vide.

Dans son épouvante, Colas ferma les yeux,
c'en était fait de sa chère Rose; sans doute elle
avait trouvé la mort dans le torrent. Quand
enfin il osa regarder, il vit que les Grosclaude
et leur fille avaient été jetés tous les trois près
des barrières de la bergerie, dans la propre
ferme de son père.

XV

Courir jusqu'à eux, les relever, les introduire
dans la maison fut pour lui l'affaire d'un instant. Mais Grosclaude ne pouvait se consoler
de la ruine de sa belle métairie; à présent, il
était plus pauvre que Merluchet lui-même; son
or avait été emporté avec les vaches et les autres
animaux; et les larmes qu'il versait risquaient
d'effacer tout à fait les belles couleurs de sa veste.

17

Pour comble de malheur, il avait perdu sa pipe, que l'eau avait décollée de sa bouche; et peut-être le chagrin de cette perte lui paraissait-il encore plus sensible que tout le reste.

Merluchet, le rude et farouche paysan, eut alors comme un sourire devant cette détresse qui mettait une fin si brusque aux longues prospérités de son riche voisin. Combien Grosclaude regrettait maintenant sa sotte imprévoyance! S'il avait surveillé davantage sa ferme, la catastrophe ne serait pas arrivée; mais il n'avait jamais songé qu'à jouir du temps présent sans songer au lendemain; et il était puni pour ne s'être pas prémuni contre les retours de la fortune.

Pauvre Grosclaude! Du coup il lui fallait renoncer à son rêve de gentilhommerie; à vau l'eau, avec ses bêtes, ses arbres et ses trésors, s'en allaient ses orgueilleuses espérances; Barbarou ne voudrait pas d'un homme ruiné pour son beau-père! Et il s'arrachait les cheveux en criant :

— Ah! Barbarou, Barbarou, trois jours plus tard, vous eussiez été mon gendre! La noce aurait eu lieu Et Rose serait princesse! Tandis qu'à présent, nous n'avons plus même une pierre où reposer notre tête; et si Moustachol, notre bon dieu, ne nous vient en aide, nous sommes exposés à devoir errer le long des chemins, en mendiant notre pain. Ah! Barbarou! monseigneur Barbarou!

Peut-être, en criant si fort, espérait-il que le chasseur rouge l'aurait entendu; mais rien ne répondit à ses plaintes que l'écho, là-bas, derrière le moulin hanté. Et l'écho ricana :

— Barou! Arou! Hou!

Merluchet, sous ses rudes apparences, était un brave cœur : il le fit bien voir en cette occasion. Comme Grosclaude continuait à se lamenter, il lui offrit l'hospitalité de sa maison.

— Entre pauvres gens, dit-il, on se doit service. Quand il y a du pain pour trois, il y en a pour six. Mangez donc à votre faim et buvez à votre soif : vous nous quitterez sitôt que luiront des jours meilleurs.

— Ah! s'écria alors Grosclaude, je m'aperçois trop tard combien je vous ai méconnu, voisin. Le malheur en nous frappant nous oblige à ouvrir enfin les yeux.

Et le pauvre diable, après avoir pleuré des larmes amères, se laissait aller à pleurer des larmes de reconnaissance, si douces que le chien de la ferme, qui avait profité de l'émotion gé-

nérale pour se couler jusque-là, les léchait à
mesure qu'elles tombaient de ses yeux.

XVI

En ce moment la porte du fond s'ouvrit et
Moustachol parut dans la boutique.

A peine eut-il fait un pas qu'il se rendit compte
des ravages que l'eau avait causés parmi ses
jouets. Il se hâta de monter sur une échelle et
de boucher la fêlure du carreau; puis il tâcha
de réparer les dégats. De la magnifique métairie des Grosclaude, il ne restait plus rien qu'une
pâte de carton tournée à la bouillie; le chalet
s'était fondu; les étables aussi; et aucun artifice
n'était possible pour réparer d'aussi meurtrières
avaries. Moustachol poussa un soupir, car il perdait là quinze beaux francs, tira à lui les débris
de la boîte, et tout à coup s'aperçut que la famille Grosclaude, sans qu'il pût savoir comment,
avait passé dans la ferme des Merluchet.

Ce fut un pénible moment pour Rose et Colas:
Moustachol n'aurait eu qu'à étendre la main pour
les séparer à jamais; mais un sourire plissa les

joues du marchand et ils l'entendirent murmurer :

— Ma foi, puisqu'ils sont là, qu'ils y restent! J'y gagnerai de vendre la boîte sept francs au lieu de cinq. Et ainsi je rentrerai dans une partie de l'argent que m'a fait perdre ce maudit déluge.

Cette parole était le salut pour les Grosclaude : ils bénirent la Providence qui, sous les traits de Moustachol, leur assurait un abri chez leurs anciens voisins. Et presque en même temps, par un phénomène auquel personne ne comprit rien, sauf le bon Colas, tout ragaillardi, lui aussi, le délicat vermillon qui avait disparu des joues de Rose se ralluma sur son visage et lui rendit cette couleur de la jeunesse et du bonheur sans laquelle Rose était toujours une rose, mais une rose languissante et demi-fanée.

Moustachol, en habile compère, s'entendait à retaper ses jouets, quand par aventure il leur arrivait quelque méchef. En un tour de main il eut remis sur pied une dizaine de petits cavaliers de bois que l'eau avait renversés, rafistolé les parures de trois poupées légèrement éraillées et rajusté la jambe du cheval de Barbarou.

A la vue de l'inondation qui entraînait les trésors du père Grosclaude, le terrible seigneur

avait juré si effroyablement qu'un loup en train
de se faufiler dans une bergerie avait détalé à
toutes jambes, croyant que le toit s'écroulait sur
lui. Décidément, la malchance s'acharnait; à
moins d'un hasard, il ne rentrerait plus en possession de la forêt de ses pères. Qui sait? Un
autre peut-être conduirait les meutes courre la
biche et le cerf.

Tandis qu'il raisonnait ainsi, avec d'affreux
grincements de dents, Moustachol le tira de la
condition misérable où il végétait, et ayant ré-
paré l'accident survenu à son cheval, il les
remit l'un et l'autre dans leur boîte. Aussitôt
le méchant petit homme rouge, sans songer
seulement à remercier la main secourable qui
s'était tendue vers lui, se lança à travers les
arbres, en vrai cavalier du diable qu'il était.

XVII

Cependant la grosse araignée, ayant cessé de
filer la belle robe de noces, se dépêchait de
rapporter la commande aux Grosclaude. Un
instant elle demeura suspendue à son fil, re-

gardant avec effarement la disparition du joli
chalet. Mais Colas lui fit signe de descendre
dans la ferme de son père; et comme elle étalait le fin tissu, toute fière de son ouvrage, en
le déployant du bout de ses pattes crochues,
devant les parents de Rose émerveillés en même
temps qu'interdits, ceux-ci de nouveau se la-
mentèrent : Qu'est-ce qu'ils feraient de cette
robe somptueuse? Et qui maintenant voudrait
encore de leur fille, dans l'état de misère où
elle se trouvait réduite!

Colas alors alla prendre Rose par la main et
la conduisant à son père, lui demanda la per-
mission de se mettre en ménage avec elle.

Ce fut une scène délicieuse.

Un instant le sévère Merluchet demeura sans
rien dire, les sourcils froncés comme s'il n'ap-
prouvait pas le choix de son fils; le silence
était si grand qu'on entendit frissonner l'aile
d'un moucheron dans la trame légère de la
robe; et les Grosclaude étaient pris d'un tremble-
ment, dans l'attente de ce qui allait se passer.

A la fin le vieux Merluchet parla : il consen-
tait, mais à la condition que sa bru, en entrant
dans sa maison, renoncerait à l'oisiveté qu'elle
avait connue chez son père et deviendrait une

bonne et vaillante femme de ménage, mettant
la main à toute chose et tenant la maison en
bel ordre. Et sa voix ressemblait à celle d'un
patriarche.

XVIII

Le mariage eut lieu à quelques jours de là et
Rose put enfin porter, dans la joie de son cœur,
cette belle robe dont la seule pensée auparavant
lui causait des supplices.

Il y eut de folles rumeurs dans le camp des
poupées quand on la vit s'avancer au bras de
Colas, jolie comme une fée, dans l'éclat de cette
radieuse toilette. Merluchet aurait voulu un
simple jupon de futaine; mais on lui persuada
que les filles à présent ne se mariaient plus
comme au temps où lui-même avait épousé sa
femme; et il finit par céder, en considération de l'ancienne splendeur des Grosclaude.
Ceux-ci avaient pris des arrangements avec dame
Araignée; elle leur accordait du crédit; et ils
ne désespéraient pas de la régler, capital et in-
térêts, en travaillant comme allait travailler leur
fille.

Naturellement, il ne fut plus question du petit cuisinier en tablier blanc, ni des meubles que la grande dame avait promis d'envoyer par la diligence.

La noce se fit simplement : on s'entendit avec un traiteur qui apporta de la vaisselle en fer-blanc, mit cuire à la broche une couple de gigots et servit par-dessus le marché un excellent fricandeau. Toute la cuisine tenait dans une boîte de quarante sous, moyennant lesquels les estomacs se gorgèrent abondamment et la gaîté ne cessa de régner parmi les convives. Et vers la fin du repas, une grande surprise leur arriva à tous : soudainement on vit apparaître une petite souris noire qui fit plusieurs fois le tour de la chambre, puis s'arrêta devant Rose et lui dit :

— Rose, tu as mérité d'être heureuse. Colas et toi, vous vivrez très vieux et vous aurez beaucoup d'enfants.

Colas reconnut dans la bestiole celle-là même qui s'était chargée de son message; et il ne douta plus que ce fût une bonne fée.

— Coucou! coucou! fit ensuite l'horloge; et les coqs chantèrent.

C'était l'aube de Noël qui se levait par-dessus les jouets; Merluchet quitta la table pour voir si les étables étaient en ordre; et les Gros-claude, fatigués d'une si longue veille, allèrent savourer dans leur lit leur bonheur enfin revenu.

Il faut vous dire que, la veille, Moustachol avait recollé la pipe du père de Rose.

TABLE DES MATIÈRES

Paris. — Typographie Georges Chamerot, 19, rue des Saints-Pères. — 21777

www.ingramcontent.com/pod-product-compliance
Lightning Source LLC
Chambersburg PA
CBHW070801280626
47162CB00016B/1586